나는 울 줄을 몰라 외롭다

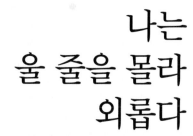

나는
울 줄을 몰라
외롭다

조성순

W미디어

졸가리 없는 글에 옷을 입히고 줄을 세워

서울 생활을 45년 만에 끝내고, 소백산 자락 아래 찬샘골 두메로 돌아왔다. 흙은 거짓말을 안 한다고 했는데 노력해도 잘 안 되고, 모든 게 서툴고 실수투성이다. 작년에는 콩 농사를 해봤는데 새들의 공격으로 두 번이나 콩을 심었다. 게다가 내가 사는 곳은 비바람의 피해를 안 받는 천혜의 땅이라 했는데, 엄청난 비로 콩 농사는 작파했다.

올해는 비닐을 씌우고 감자와 옥수수를 심었다. 그리고 포르투갈로 떠났다. 리스보아에서 포루투 가는 길에 본 땅은 광활했다. 고랑 하나의 길이가 3~4킬로미터가 넘었다. 한 시간을 걸어도 포도밭이요, 또 한 시간을 걸어도 옥수수밭이었다. 비닐을 씌우고 모종을 심은 곳은 드물었다. 농기계도 우리나라 것보다 컸다.

크고 넓은 세상을 품으며 걷고 또 걷는 동안 눈앞에 벌어지는 하루하루에서 벗어나 좀 더 먼 시선으로 세상을 보게 된 것도 같다. 그런데 현실로 돌아오는 데는 그리 먼 시간이 필요하지 않았다. 곡식은 주인의 발소리에 영글어간다는데, 손길이 미치지 못한 밭은 피와 바랭이풀들이 점령해버렸다. 감자와 옥수수가 내게 오기까지 한동안 풀과 씨름해야 한다.

　두서없는 글을 두고 책으로 묶으려니 두루두루 난감하다. 이곳에 모은 글은 특정한 제재에 따라 쓴 것도 아니요, 쓴 시기도 제각각 다르다. 다른 이의 글에 이러쿵저러쿵하지 않겠다는 태도로 살아왔다. 그래서 비평적 글을 써서 어디 응모를 해보지 않았다. 그런데 현실은 그렇지 못해서 몇 분의 글에 발문이나 해설 혹은 서평의 형식으로 글을 쓰게 되었다. 이중현 시인의 글과 '늦게 온 편지 그리고 반성문', '낙백한 영혼에서 떠도는 몸으로 살아가며', '따뜻한 눈길로 세상을 바라보다'가 그것이다.
　'우리 곁에 왔던 성자', '달빛 띠고 자맥질하며 오시는 나그네', '판타지 그러나 너무나 사실적인', '꽃피는 것만 알고 꽃 지는 것을 모르는' 이 네 편의 글은 독서를 진작시키고자 하는 어떤 기관에 추천하는 글이다. 그런데 거기에 담긴 정서는 평소 내가 가지고 있던 생각이 주되고 책과 관련된 것을 언급한 것은 오히려 적다고 할 수도 있다.
　'목숨을 걸고 살다간 이의 발자취를 좇아', '벼랑 끝에 핀 패랭이꽃 한 송이'는 "교육문예창작회"와 초대 회장인 이광웅 선생님에 대한 글이다. 중첩된 부분이 있기도 하다.

'백두산 용정 일대 답사 여행기'는 중국 여행 초기에 쓴 글인데 학생들의 부탁으로 쓴 글로 교지에 게재한 적 있다. '순결한 영혼 윤동주 시인의 발자취를 좇아'는 일본 교토에 있는 윤동주 시인의 하숙집에서 도시샤대학으로 다니던 길을 직접 걸어보고, 윤동주 시인이 갇혀 있던 시모가모 경찰서를 돌아보고 쓴 글이다. 이 글은 '사람의 문학'에 발표하였다.

'대구 기행'은 술꾼의 일화다. 누가 말하기를 술에 대한 애정만큼 공부하고 글을 썼으면 등신대의 서적을 쌓았을 거란다. 일별하고 웃을 수 있다면 다행이리라.

'돌아갈 수 없는 영혼의 고향, 태동기'는 고등학교 동아리 활동을 회고한 글이다. 학교에 가는 게 아니라 문예실을 가기 위해 학교에 가던 때니 부끄럽고 한편으로는 애틋하고 아쉽고 그리운 추억이 담긴 글이다.

'내가 시를 쓰는 열 가지 이유'나 '이 시 이렇게 썼다'는 내가 시를 어떻게 만났고 내가 시를 쓰는 방법이나 행위를 슬쩍 얹어 본 것이다. 그리고 '정지된 시간 속의 등대, 어등역', '소를 타고 내를 건너고 무명 홑이불을 덮고 갱변에서 자던', '한국 소설 문학의 불우한 천재 임춘', '하늘이 내린 소리 통명농요 보유자 이상휴 선생', '석남의 독립지사 권영목 선생' 등은 안도현 시인이 편집인으로 있는 『예천산천』에 게재한 글이다.

예의 이중현 시인의 시집 발문은 30년도 더 오래된, 내가 교육

문예창작회 사무국장으로 일하던 때의 글이다. 변혁을 꿈꾸며 직장에서 쫓겨나 떠돌던 시절이니 언어도 지금과는 다르고 거칠며 낯설다. 또한 '돌아갈 수 없는 영혼의 고향, 태동기'는 2007년 즈음 문예 잡지의 부탁으로 쓴 글이며, 다른 몇 원고들에도 세월이 흐른 만큼 인물의 신분에 변동이 있을 수 있음에도 발표 당시의 원문대로 실었음을 밝힌다. 게으른 글농사꾼의 넋두리다.

고향은 변했고, 나도 변했다. 옛날 길어 마시던 샘은 마실 수 없게 되었고, 땅은 풀약을 치지 않으면 그 공격을 감당할 수 없게 되었다. 소년이던 내 머리에 내린 눈은 이젠 녹지 않는다.

옛집에 돌아와 꿈꾸고, 그 꿈을 이루고자 조금씩 걷고 있다. 졸가리 없는 글에 옷을 입히고 줄을 세운 편집자와 추임새를 넣어 준 안도현 시인에게 고마운 말씀을 드린다.

제2부 시가 찾아왔다

제1부

세상을 바라보는 다른 시선

우리 곁에 왔던
성자

일반적으로 사람이 자신이 어떤 존재인지 자각하게 되는 때는 언제쯤인가. 다른 이의 경우는 모르겠으나 필자는 대충 삼십 대 중반 무렵에야 내가 어떤 것을 좋아하고 무엇에 가치를 두는지 어렴풋하게나마 가늠하게 되었다. 그나마 몇 년에 한 번씩 명상센터를 다니면서 마음에 묻은 때를 털어낼 때 그 경계가 조금 모습을 드러내고는 했다.

우리는 타인이 우리를 어떻게 볼 것인가 의식하며 대학교와 학과를 선택하고 자신이 진정 무엇을 원하는지도 모르는 채 그럴싸한 직업을 가지고 평생을 살아가기도 한다. 시대의 흐름에 따라 학생들이 선호하는 대학의 학과는 더러 변화가 있기도 했으나, 이른바 공부를 잘하는 상위권 학생들의 변하지 않는 대학 선망 학과는 인문계 반은 법·상대이고 이공계 반은 의대이다. 그렇다면 그 절대적인 기준은 무엇인가. 바로 돈과 명예이다.

내 아이들이 초등학교 다니던 때, 주제가 무겁지 않은 책을 읽고 그 책의 내용을 가지고 그냥 주인공이 좋다느니 이런 표현이 좋다느니 하며 시시콜콜한 이야기를 나눠줄 선생님이 계신 독서교실—또는 학원—을 찾았으나 유감스럽게도 없었다. 논술인지 무슨 괴물딱지인지 정체성이 없는 유령이 나타나서, 제재를 분석하고 토론하고 핵심어를 찾는(정확히 말하면 이미 정해진 가치 기준이나 틀에 맞게 자신의 생각을 맞추는 행위의 반복), 진정한 의미의 독서와는 거리가 먼 정체불명의 학원만이 즐비할 뿐이었다.

요즘은 초등학교와 중학교의 독서 실태가 어떠한지 모르겠으나, 대학수학능력시험에서 자유로울 수 없는 고등학교의 모습은 좀 참담하다. 1학년 때는 국민공통교육과정인 국어를 배우고, 2학년 때는 문학과 작문을 공부하다 보니 대부분 학교는 3학년 때 문법이나 화법 혹은 독서를 배우게 된다.

고등학교 3학년 독서시간에 제재에 대해 얼마나 자유롭게 이야기할 수 있는가 상상해보라. 칠판 귀퉁이에 D-○○○일이라 적어놓은 교실에서 이루어지는 수업시간에 여러분이 고3이고 학부형이라면 무엇을 원하겠는가. 『이방인』을 읽고 햇빛 때문에 살인했다는 뫼르소의 이야기를 왈가왈부할 것인가, 『토지』의 구천과 별당아씨의 사랑에 공감하고 가슴 졸일 것인가 아니면 최치수의 절망과 집념에 한 표를 던질 것인가.

우리는 어릴 때부터 톨스토이와 간디와 슈바이처의 전기나 일화를 읽고 그들의 삶을 선망해왔다. 어쩐지 우리나라의 인물은 그들보다 무엇인가 격이 떨어지는 것 같았다. 일류대학교를 나와서 넓은 아파트에서 많은 연봉을 받으며 사는 게 시골에서 경운기 끌고 농사짓는 생활보다 나아 보이고 가치가 있다고 생각한다. 아니, 가치가 있다고 생각하며 살라고 사회로부터 가르침을 받아왔다.

이런 세태에서 권정생의 『우리들의 하느님』이란 책은 우리들의 편협한 마음자리를 돌아보게 한다. 양력은 과학적이고 음력은 비과학적인 게 아니라 양력은 해를 기준으로 한 달력이고 음력은 달을 기준으로 한 달력이라는 것, 양력과 음력이 있기 오래 전부터 자연력은 있어 왔다는 것, 인류를 살상할 핵무기를 가장 많이 가지고 있는 나라가 어느 나라인지, 야곱이 들판에서 기도한 돌단과 우리네 조상이 서낭당에 돌을 쌓으며 신께 빈 게 다르지 않고, 아기를 점지해 주는 가브리엘 천사와 우리의 삼신할머니가 다르지 않으며, 고기 먹던 유대인들이 악귀를 쫓는데 양의 피를 뿌린 것과 농사짓는 우리가 붉은 팥죽물로 악귀를 막았던 것이 별개의 것이 아님을, 하느님과 오래 전부터 우리네 조상님들이 두려워하고 우러르던 하늘이 다르지 않음을. 곧 그의 하느님은 자연의 다른 이름이다.

지난 2월 경상북도 상주에 갔다가, 권정생 선생께서 돌아가시고 유품을 정리할 때 옷 주머니에서도 이불보에서도 원고료로 받은 돈 뭉텅이가 많이 나와서 놀랐다는 어떤 선생님 말씀을 들은 기억이 떠오른다. 많은 인세를 받았으나 자신의 안일을 위해 돈 한 푼 쓰지 않았으며, 어린이들로부터 번 돈을 어린이들에게 돌려주고자 한 분의 삶은 이미 종교에 예속되어 생활한 게 아니라 그분 자신이 종교였다.

오래 전 초판본을 읽었으나, 선생 사후 증보된 내용을 읽어보려고 『우리들의 하느님』을 들고 다니던 중 교실에서 어떤 학생이 물었다.

"선생님, 크리스천이세요?"

"나는 기독교인은 아니지만 권정생 선생님이 생각하던 세계가 기독교라면 백 번이고 천 번이고 그쪽을 지지하겠다."

그리고 권정생 선생이 어떤 분이란 것을 짤막하게 말했더니 교실은 숙연해졌다.

부끄럽고 힘들다. 가난했으나 즐거워했고 부자였으나 무겁지 않았던 선생의 삶에 비하면, 난 가졌으나 욕망에 굶주린 가난한 자이고 배웠으나 실천하지 못하는 천박한 자이다.

그러나 우리 곁에 왔던, 동화를 쓰던 성자가 빛나는 나침반으로 존재하는 한 우리 사회는 가난하지 않으며, 그 금자[金尺]를 바라보고 우리가 마음을 정화한다면 우리 사회의 미래는 밝을 것이다.

따뜻한 눈길로
세상을 바라보다

몇 해 전에 산티아고 순례길을 갔다 왔다. 프랑스의 세인트 진 피르포르에서 산티아고까지 800여 킬로미터를 걷고, 다시 산티아고에서 피니스트레를 거쳐 묵시아로 해서 대서양 연안을 따라서 120킬로미터 남짓 걸었다.

산티아고는 성(聖) 야고보의 유해를 모신 곳이다. 야고보를 기리며 걷는 길이 '카미노 데 산티아고(Camino de Santiago)'인 것이다. 샌디에이고, 산티아고 등 비슷한 지명은 다 성 야고보를 기린 곳이다.

그 산티아고 순례길을 걸으면서 틈틈이 메모하고 더러는 떠오르는 생각을 적은 작은 꾸러미를 만들었는데, 이런저런 사정이 생겨 해설을 신대원 신부께 부탁하게 되었다.

고등학교를 졸업하고 일면식도 없던 사람의 원고를 신부님은 흔쾌히 써주셨다. 그래서 졸한 시집 『그리고 나는 걸었다』가 구색을 갖춰 세상에 나오게 되었다.

　신부님은 대건고등학교 4년 후배다. 그것도 '태동기' 문예반 출신이다. 머리에 흰 눈이 내려 녹지 않은 지금도 치기가 남아 있으나 질풍노도의 시절 계급장도 없이 선배라고 후배를 함부로 대하고 목에 힘주고 다녔다.

　학업에 전력해야 할 학창시절에 문예반에 들어가 교과 공부는 도외시한 채 교과서에 없는 시를, 이를테면 김수영의 「거대한 뿌리」, 박인환의 「목마와 숙녀」 등 시를 100여 편 외우고 다녔다. 또 삼중당문고와 페이지와 책값이 같은 그레이트북스 문고판 소설집을 두루 읽고, 저녁이면 대도극장 근처 다락이 있는 중국집에 가서 고량주나 소주를 마시고 집으로 갔다. 대구고, 계성고 문예반 친구들과 작당하여 다니며 술추렴을 했다. 한편으로는 후회되고 한편으로는 그렇게 일탈의 시절을 보낸 청춘이 얼마 있을까 하며 가슴을 쓸어내리기도 한다.

　50년 가까운 도회 생활을 마감하고 고향인 예천에 돌아와 살며 신부님과 몇 번 통화했다. 그리워하며 만나자는 연락을 해놓고 못 보다가 정작 만난 것은 안도현 시인 모친상을 당했을 때였다. 그리고 한 해 전 겨울, 내가 사는 예천의 어느 후미진 주막에서였다.

　신부님은 나귀를 몰고 다니던 프랑스의 피에르 신부 같기도 하고, 머리 기른 탈속 무욕의 성자 같기도 했다.

안도현 시인 모친상 때 만난 그는 이가 다 빠져 덜렁거렸다. 무슨 신부가 담배는 왜 그리 태우는지. 한마디로 마음에 쏙 들었다. 무위이화(無爲而化)의 현신을 보는 듯했다. 또 동행한 대구고 문예반 '계단' 출신 김헌택도 거무튀튀한 모습으로 신부님의 그림자 같았다.

이들은 예천에서 지척인 안동에 있다. 만나지 못해도 마음 한편이 허전할 때 가까이 그들이 있다는 것만으로도 위안이 된다.

저무는 해
길어져가는 산 그림자
어둑한 못둑엔
야윈 어깨만큼이나
한가득 세월의 무게 지고
오늘도 마른기침
시나브로 내뱉으며
누렁이 앞세워
종종걸음 집으로 서두르는
낯익도록 익숙한 그 사람
촌로
–「촌로(村老)」 전문

어쩜 이리도 고요할까.

외로움은 외롭다 떠나고

그리움은 그립다 떠나가건만

그렇게들 떠나버린 우곡산방(愚谷山房)엔

눈 내리는 이 한 밤

홀로 적막만이 세월로 늙어가는구나.

그대만이 홀로 웅크리고 앉아

저렇듯 수도승처럼 웅크리고 앉아

한밤 촛불로

두렷이 온몸 사르는데.

－「눈 오는 밤」 전문

들녘에서 일하고 마른기침 내뱉으며 야윈 어깨로 저수지 뚝방을 걸으며 집으로 가는 사람, 그는 누구인가? 바로 우리 아버지의 모습이고, 그 아버지를 닮은 우리가 아닌가. 어쩌면 젊은 시절 도회로 나가 노가다를 하다가 지쳐 돌아온, 더러는 이런저런 일을 전전하다가 늘그막에 귀향하여 서투르게 일하며 생의 종점으로 가는 헛헛한 바로 우리들의 자화상이다.

눈 오는 밤은 명징하다. 외로움도 외롭다 떠나고 그리움은 그립다 떠난, 적막만이 남은 곳에서 촛불로 사위 밝히고 수행하는 사람, 그는 시적 화자의 모습이자 바로 신부님의 자화상이다. 눈이 내리는 날 적막한 성지, 출가자라고 해서 외롭지 않겠는가. 감내할 따름이다. 외롭고 쓸쓸하면서도 아름답다. 어느덧 적막을,

고요를 감내하는 것을 아름답다고 말하는 때가 되었다.

신부님은 참 궁벽한 곳에서 살았나 보다, 자전을 보면 그가 고등학교를 졸업할 무렵인 1981년에야 전기가 들어왔다니. 어쩌면 그런 궁벽한 곳에서 성장했기에 출가자가 되지 않았을까 하는 생각도 든다. 혹은 가난하여 대학을 갈 수 없어서 가톨릭대학교를 나와서 신부님이 되지는 않았을까? 이것은 여쭤보지 못했다. 그러나 어쩌랴. 지금은 우리 모두 하오의 시간을 구부정한 어깨로 걸어가고 있는 중늙은이들이다.

우곡산방(愚谷山房)은 어떤 곳인가? 연보를 보니 2010년 무렵 봉화 '우곡성지(愚谷聖地)' 전담 신부였다.

경상북도 봉화군 봉성면 우곡리에 있는 가톨릭 성지(聖地)로 한국에 천주교회가 세워지기 전에 '칠극(七極)'에 의한 천주교 수계생활을 28년간 행했던 한국 최초의 수덕자(修德者) 농은(聾隱) 홍유한(洪儒漢, 1725~1785)의 묘가 있는 곳이다.

조선 정조 때의 인물 홍유한은 16살부터 실학자 성호 이익(李瀷, 1681~1763)의 문하에서 학문을 닦았다. 1750년경부터 이익의 다른 제자들과 함께 〈천주실의〉, 〈칠극〉 등을 공부하다가 1757년경 한양의 살림을 정리하고 충청도 예산으로 내려가 18년간, 1775년 현 영주시 단산면 구구리 지역으로 옮겨 다시 10년간 혼자서 천주교 수계생활을 철저히 하였다.

당시에는 기도책도 없고 축일표(祝日表)도 없었으나 7일마다 축일(주일)이 온다는 것을 알고 있어 경건하게 축일을 지켰고, 금육일을 알지 못했으므로 언제나 좋은 음식을 먹지 않았다 한다. 홍유한의 후손 중에는 7명의 순교자가 있다.

1993년 10월 홍유한의 묘가 발견되었고, 1994년 3월 성지개발을 위해 안동교구 봉화성당에 성지개발위원회가 발족되었으며, 1995년 묘 주변 임야를 매입한 후 묘지와 주변을 정비하여 성지로 조성하였다. 1998년 11월 사제관과 피정의 집, 2000년 10월 수련원이 건립되었으며 동상과 야외제대, 십자가의 길 14처 등이 조성되어 있다.

– 우곡성지[愚谷聖地] (두산백과)

〈칠극(七極)〉은 스페인 선교사 판토하(Diego de Pantoja, 1571~1618)가 동방 선교를 위해 1601년 중국 북경에 들어가 지내면서 탁월한 중국어 능력과 식견으로 한문으로 작성한 천주교 수양서이다. 한자 82,590자로서 〈논어〉의 7배 분량이 되는 〈칠극〉은 〈논어〉나 〈맹자〉 등 유가 경전의 어록체 형식으로 저술하였다.

내용은 인간이 범하기 쉬운 일곱 가지 죄종과 그 죄종을 극복하는 것에 관해 고찰하고 있으며, 성인과 교부들을 비롯해 서양의 철학자와 중국의 경전까지 인용하여 천주교 교리서라기보다 수양론과 같은 느낌을 주고 있다.

이 책은 발간 직후 중국 사대부들의 격찬을 받았으며, 우리나라에도 들어와 실학자들에게 서학의 텍스트로 읽히면서 우리나라에 가톨릭이 자생적으로 발생하는 데 이바지했다고 평가받고 있다.

다루고 있는 일곱 가지 죄종은 사막교부 시대로부터 로마가톨릭 시대를 거쳐 발전되고 정리된 칠 죄종을 이야기한다. 칠 죄종이란 교만, 시기, 탐욕, 분노, 탐식, 음란, 나태 등 인간이 범할 수 있는 죄의 근원이다.

첫째 겸양으로 교만을 이긴다

둘째 남을 아끼고 사랑하여 질투를 이긴다

셋째 재물을 희사하여 인색을 이긴다

넷째 인내를 길러 분노를 이긴다

다섯째 담박함으로 먹고 마시는 것에 빠지는 것을 이긴다

여섯째 욕망을 끊어서 여색에 빠지는 것을 이긴다

일곱째 천주의 일에 부지런히 힘 쏟아 게으른 것을 이긴다

– 『칠극 – 마음을 다스리는 일곱 가지 성찰』 판토하 지음, 정민 옮김, 김영사

우곡성지는 칠극에 의한 천주교 수계생활을 한 홍유한의 묘소가 있는 곳으로, 안동교구에서 홍유한을 기려 성지로 조성한 곳이다.

홍유한을 잘 모를지나 인용문만 보더라도 그가 어떻게 살았는지 마음이 숙연해진다. 눈 내리는 밤, 신부님은 참 좋았겠다. 외롭고 쓸쓸한 게 아름다움으로 느껴지는 밤, 칠극의 삶을 산 홍유한이 신부님과 함께했을 것이다.

길 위에서 기다리는

봄은

얼마나 허망할까.

오가는 사람들은 지리(支離)한 겨울 찌꺼기

흐르는 시간은 구름처럼 널브러져 떠다니고

벗어놓고 돌아누운 내 생애의 잔해 속엔

저리 무참하도록 잔혹한 갈등의 꿈틀거림

그래도 봄은 올까.

지난해 만난 봄처럼

우리들의 야윈 가슴 뜨거워질까.

아, 우리들의 쇠잔한 그 희망 앞에

하마, 파르르 몸 떠는

고달픈 사월이여.

– 「봄 기다리기」 전문

바람 시나브로 넘나드는

키 낮은 성당의 돌담

그대 무어 그리 그리워서

기어이 헤집고 고개만 내민 채

가녀린 몸매마다 시리도록 노란 핏물

발목 적셔 들도록 뚝뚝 자아내는가.

나는 안다. 그대의 생애를.

온 포기마다 하늘거리던 슬픔이

어느 하룻날 아침

마침내 저리 빛나는 꽃이 되어

무작정 이승으로만 올라온 것이

아닐 것이란 걸.

— 「애기똥풀꽃」 전문

어떤 어려움이 있었던 것일까? 봄이 올까 염려하는 모습, 지난해에는 봄을 만났다고 했다. 그럼 지난해에는 무슨 일이 있었던 것인가. 길 위에서 봄을 기다리는 사람은 왜 허망할까. 지난해에는 가슴 뜨거운 무엇이 있었는데, 오는 봄은 왜 야윈 가슴이 되었을까. 쇠잔해진 희망 앞에 오는 사월은 고달픈데 왜 파르르 떠는가. 화자이자 시인인 신부님은 사랑에 빠졌던 것일까. 감히 말하고 싶다. 지난해 온 게 사랑이라면 축복이고, 그 사랑이 저 높은 곳에 계신 분이라면 축복이라고만 말할 수는 없겠다. 그런데 화자가 개인이 아닌 우리이니 내 생각은 망상이 되고 만다. 우리가 기다리는 그 무엇이 지난해에는 잠시 비쳤는데 오는 봄은 불확실하다.

꺾으면 노란 물이 나오는 애기똥풀, 사람의 처지에서는 노란 물이고 그래서 애기똥 같다고 여긴다. 그러나 애기똥풀의 처지에서는 핏물이다. 포기마다 하늘거리던 슬픔이 무작정 이승에 오지 않았다. 그럼 작정하고 이승에 온 것이다. 바람 부는 성당 돌담 무엇이 그리워서 밟혀서 핏물을 흘리면서도 찾아온 애기똥풀, 바로 그와 같은 존재가 시적 화자인 게다. 너는 나를 보고 나는 너를 본다. 아니, 나는 너다. 슬픔 많은 신부님!

> 섣달그믐께 방 한 모서리로
> 창을 내었다.
> 서쪽으로 내었다.
> 저녁답에야 설핏 문 두드리며 지나는
> 햇살의 뒷모습이라도 바라볼 수 있게
> 낮이면 보이지 않아도 햇살의 근황 한 조각쯤 그리워지도록
> 그리고 날 어둑해지면
> 쓸쓸한 개밥바라기 잠시라도 놀러 오도록
> 창 하나 내었다.
> 우린 모두 그저 스쳐 지나갈 것인데
> 어쩌다 눈 마주쳐도 그저 머물다 갈 따름인데
> 헝클어진 머리 긁적이면서도
> 기어이 벽 한 켠 도려내었다.
> 그대 날 보지 않아도
> 그대 잘 보일 수 있도록
> 창을 하나 내었다.
> − 「창(窓)」 전문

한 해가 다 가는 섣달그믐 창을 내었다, 저녁 무렵에는 마지막 가는 햇살의 뒷모습이라도 보게, 어둠이 내리면 개밥바라기[샛별]가 놀러 올 수 있게.

화자에게는 모두가 스쳐 지나가는 존재이다. 그러니 모두 흐르는 강물이고 햇빛이다. 겸연쩍어 머리 긁적이면서도 창을 낸다. 문득 이조년(李兆年, 1269~1343)의 시조가 떠오른다.

이화에 월백하고 은한이 삼경인 제
일지춘심을 자규야 알랴마는
다정도 병인 양하여 잠 못 들어 하노라

오는 가을에는 가을하고 나서 신부님이 계시는 안동 태화동 성당에 가봐야겠다. 용왕이 현신하여 육관대사의 설법을 듣고 가는 것마냥 나도 가을 햇살인 양 신부님의 미사에 참석하고 핫바지에 방귀 새듯 슬쩍 돌아오고 싶다.

그대 날 보지 않아도
그대 잘 보일 수 있도록
창을 하나 내었다.

감히 말한다. 지금까지 잘살아 오셨다. 선재(善哉)! 선재(善哉)로다.

정지된 시간 속의 등대,
어등(魚登)역

　　어등역(경상북도 예천군 보문면 독양리에 위치한 경북선의 철도역)
에 가보았다. 새카맣게 잊고 있던 공간을 찾게 된 것은 고향에 돌
아온 지 한 달 남짓 지난 어느 날이었다. 내가 고향에 내려와 있
다는 걸 알게 된 고등학교 선배 한 분이 감천면과 인접한 보문면
의 한 음식점에서 만나자 했다.

　　어릴 적 벗들이 살던 대산이란 마을을 지나 보타사라고, 처음
보는 절 표지판을 이국의 이정표 모양 보면서 느릿느릿 갔다. 옛
날엔 더없이 외롭고 아름다웠을 길을 상상했다. 그리고 학가산(鶴
駕山) 자락에 있는 마을에서 감천면 소재지에 있는 중학교에 다니
기 위해 길을 오가던 소년 소녀들을 생각했다.

　　보문면에는 중학교가 없어서 학가산 기슭에 있는 마을에서 나
고 자란 소년 소녀들은 먼 길을 걸어서 더러는 내성천을 건너기도

하면서 감천면 소재지에 있는 중학교를 다녔다. 어렴풋이 얼굴들이며 마을들이 떠올랐다.

새실, 산애실, 물레실, 평장개, 한밤실, 지과실, 물건너, 선도골, 궁마을 이런 이름들이 캄캄한 밤 초가집 오두막에 호롱불을 켠 듯 다가왔다. 마을은 예대로 있을까? 소년 소녀들은 온전히 늙어가고 있을까?

1) 40년 만에 다시 찾은 어등역

어등역이 보였다. 심장이 고동쳤다. 예전엔 기차가 들어오는 곳에 단정하게 머리 깎은 측백나무가 줄 서서 승객들을 맞았다. 여름에서 가을까지 코스모스가 하염없이 피었다 졌다. 기차가 어둠 속에서 두 눈을 환하게 밝히고 들어오면 목이 긴 코스모스는 자지러지고, 기차가 떠나고 나면 캄캄한 어둠 속에서 또 누군가를 기다렸다. 기다리는 존재가 끝내 오지 않을 수도 있다. 어쩌면 코스모스는 막막함을 기다렸는지도 모를 일이었다.

어등역은 그대로였다. 계란색 역사 담벼락은 여전했다. 이웃에 있던 고평역이 없어졌다는 소문을 듣기도 해서 내심 불안했는데 그대로 있었다. 만난 지 40년도 넘는 듯하다.

나는 죄인처럼 숙으리고
나는 코끼리처럼 말이 없다
두만강 너 우리의 강아

28

너의 언덕을 달리는 찻간에
조고마한 자랑도 자유도 없이 앉았다

아모것두 바라볼 수 없다만
너의 가슴은 얼었으리라
그러나
나는 안다
다른 한 줄 너의 흐름이 쉬지 않고
바다로 가야 할 곳으로 흘러내리고 있음을
지금
차는 차대로 달리고
바람이 이리처럼 날뛰는 강 건너 벌판엔
나의 젊은 넋이
무엇인가 기대리는 듯 얼어붙은 듯 섰으니
욕된 운명은 밤 우에 밤을 마련할 뿐

잠들지 말라 우리의 강아
오늘 밤도
너의 가슴을 밟는 뭇 슬픔이 목말으고
얼음길은 거츨다 길은 멀다

길이 마음의 눈을 덮어줄

검은 날개는 없나냐
두만강 너 우리의 강아
북간도로 간다는 강원도치와 마조 앉은
나는 울 줄을 몰라 외롭다
　　– 이용악, 〈두만강 너 우리의 강아〉 전문

　두만강 가 소금장사의 아들이었던 이용악(1914~1971)의 시가
생각났다. 왜일까? 내게 물어보고 싶다. 내 안 깊숙이 웅크리고
있는 나여, 왜 강원도치와 같은 유이민이 되어 막막한 심정으로
강 건너 북간도로 가는 이의 정서가 다가왔는가? 어등역이 강인
가, 내가 강인가.
　내가 강일 수는 없다. 감히 막히지 않고 바다를 찾아 도도히
흐르는 강이 될 수는 없다. 늘 그 자리에 있으나 세상의 소식을
다 듣고 있는 어등역이야말로 짜장 강이다.

2) 평안도엔 백석이, 함경도엔 이용악이
　태생적으로 세상을 떠도는 소금장사는 이미 시인이고, 그 아
들은 시인이 될 수밖에 없었을 것이다. 소월 이후 도드라진 시인
으로 평안도엔 백석이, 함경도엔 이용악이 있었다. 아니, 이용악
이 있고 백석이 있었다. 소금장사인 아버지의 길을 듣고 자란 소
년의 가슴엔 이미 사무친 정서가 켜켜이 쌓여 있었을 게다.
　「풀벌레 소리 가득 차 잇섯다」에선 아버지의 임종을 맞은 가족

의 심사를 잘 형상화하고 있다. 시적 화자는 소금 밀수업자로 두만강 주변을 바람으로 떠돌아다녔던 아버지의 노정을 떠올리면서 울음을 삼키며 풀벌레 모양 떨었을 것이다. 풀벌레가 되어 울었을 것이다. 최고의 만사(輓詞)요 별사(別辭)다.

「항구」에서는 화자가 부두 막일꾼이 되어 공부를 하던 일본에서의 삶을 형상화했고, 「그리움」에선 잉크병 어는 추위에 떨며 백무선 기차가 다니는 두만강 가의 고향을 그리워했다. 「절라도 가시내」에서는 간도 어느 주막에서 전라도에서 온 술집 작부를 함경도 출신 화자가 만나 사랑을 나눈 고백서이다. 이들은 일제로 인해 유이민이 되어 떠도는, 바람에 날리는 가랑잎 같은 존재였다.

3) 하얀 교복 입은 단발머리 소녀

어쩌다 고향집에 왔다가 돌아갈 제면 할아버지께서는 고구마 등을 돌가루[시멘트] 푸대나 비닐 푸대에 넣고 묶어서 새끼줄 질빵을 해주었다. 쑥색 바지에 하얀 웃옷 교복은 새끼줄 질빵을 감당하기엔 버거웠다. 시골에서 대처로 나가 공부하는 소년의 몰골은 여지없이 구겨졌다. 어깨를 조이는 아픔에 몇 번을 쉬며 고개를 넘어서 어등역에 가면 몸은 파김치가 되었다. 표를 사서 기차를 기다리면 하늘거리는 코스모스가 인사를 했다.

역사 쪽 승강대는 예천 쪽에서 영주로 가는 승객들이 기다렸고, 맞은편에선 예천이나 김천, 대구로 가는 승객들이 기다렸다.

어느 날 코스모스 하늘거리는 그곳에서 빛나는 순수를 발견했다. 검정 치마에 하얀 저고리, 단발머리를 한 소녀였다. 같은 중학교에서 공부를 하던 코스모스였던가, 아무튼 그렇게 느낌표가 왔다. 멀리 대구에서 고향을 생각하다 보면 어등역이 떠올랐고, 그러다가 어느 순간엔 하얀 교복을 입은 코스모스가 하늘거렸다.

고향 집에서 어등역을 가자면 낮은 고개를 하나 넘어야 했다. 3킬로미터 남짓했으나 길이 험해서 소요 시간을 가늠하기가 어려웠다. 어등역에 가긴 했으나 대구로 가는 기차를 놓친 적이 몇 번 있었다. 그러면 다시 집으로 돌아가서 면 소재지로 해서 버스를 타고 예천으로 나가야 했다. 거기서 또 대구로 가는 버스를 타야 했다. 아니면 어등역에서 상행선을 타고 영주로 해서 동대구역으로 가는 기차를 타야 했다.

한번은 어등역에서 대구로 가는 기차를 놓쳐서 영주로 갔는데, 동대구까지 가는 기차가 없고 안동까지만 가는 기차는 있었다. 어쩔 수 없이 안동까지 가서 버스를 타고 대구로 가게 됐다. 그때 어등역에서 같이 온 하얀 교복을 입은 코스모스가 안동역에서 버스 정류장으로 가는 길을 일러주고 뒷모습을 지켜봐 준 적 있다.

4) 집 돌아오는 길, 아득하기만 하고

대구에서 집으로 오자면 원대동 정류장에서 버스를 타고 예천으로 왔다. 시가지 북쪽 외곽에 있는 원대정류장은 사는 곳에서 멀었다. 그래서 대구역에서 어등역으로 오는 기차를 타고 온 적이 많았다.

어쩌다 늦은 시간에 기차를 타게 되면 어등역에서 어둠을 뚫고 산길로 집으로 왔다. 어머니나 동행자가 있을 때는 중간에 불이 켜진 집을 찾아 사정을 말하고 잠시 눈을 붙인 뒤에 날이 밝으면 집으로 오기도 했다. 그러나 혼자일 때 남의 집에 가서 하룻저녁 몸을 의탁하겠다는 말씀을 드리기엔 주변머리 없는 고등학생이었다. 혼자서 캄캄한 밤길을 몇 번이나 걸었던가. 별빛을 보며 산등성이를 넘어 땀으로 목욕을 하며 집으로 오면 가족은 얼마나 놀라며 반겼던가.

한번은 누이의 혼사로 대구에서 친지들과 같이 온 적이 있다. 기차를 타고 어등역에 내려야 하는데 지나쳐서 반구역에 내렸다. 그것도 칠흑 같은 밤이었다. 반구역에서 고향 집으로 오는 길은 아득했다. 길이 없었다. 어쩔 수 없이 선로를 따라 어등역으로 해서 다시 산을 넘어 집으로 갔다. 그때는 일행이 많아 두렵지도 않았고, 몸이 땀으로 젖지도 않았다.

5) 감 궤짝 이고 어등역에서 영주로

어등역은 학가산 일대 마을에서 외부로 나가던 항구였다. 학가산 자락이나 내성천 변에 있는 마을 사람들은 어등역에서 기차를 타고 영주나 예천으로 장 보러 다녔다. 내성천을 건너 감천장으로 가기도 했으나 영주, 예천 등지는 기차가 아니면 불가능했다. 버스는 없었다.

고향 집 주변에 감나무가 많았다. 가을이 깊으면 감을 따서 감천이나 영주, 예천 장에 내다 팔아야 했다. 감이 많이 달릴 때는 한 나무에서 백 접 이상 따기도 했다. 백 접 넘게 따던 감나무를 동이나무라 불렀다. 그런 나무를 세던 단위가 동이다. 벗들이 찾아와서 이렇게 큰 감나무도 있느냐며 놀라워했다.

어머니와 숙모들은 나무 궤짝에 감을 그득 담아 머리에 이고 어등역으로 해서 영주 장을 보러 다녔다. 어머니와 숙모들이 궤짝을 이고 다녔던 그 산길을 나도 걸었다. 새끼줄 질빵을 해서 고구마 푸대를 메고 혹은 가방을 들고 대구로 갔다.

동무들에게 나는 감나무 집 아들이었다. 홍시를 좋아하는 분들은 아이들에게 심부름을 보냈다. 초등학교 때 동무가 심부름으로 홍시를 사러 오면 괜스레 부끄럽고 반가웠다. 홍시 심부름을 자주 오던 면장댁 아들은 동무였다. 아버지가 가슴을 앓아서 집에서는 걱정이 되어 보건소에 가서 주사를 맞게 했는데, 여덟 살 어린애가 혼자 다니기엔 사람이 없는 겨울 길은 무서웠다. 면장댁 아들은 몹시 추운 겨울날 장터를 지나 보건소에 가던 나를 보고는 불러서 가마솥 아궁이 앞에서 불을 쬐다가 가게도 했다. 유난히 얼굴이 까맣던 그는 이제 지상에 없다.

6) 어등역에서 삼강주막까지

땀으로 젖은 몸으로 찾던 집으로 40년이 넘어 돌아왔다. 어등역엔 이젠 머리 깎은 측백나무도, 하늘거리며 사람들을 맞던 코스모스도 없다. 하얀 교복을 입은 코스모스는 어디로 갔는가? 텅 빈 역사를 봤다. 승강대는 있으나 이젠 사람들은 이곳에 오지 않는다. 이용하는 승객이 없으니 기차가 서지 않는다. 남부여대하고 기차를 기다리던 사람들은 어디로 갔는가?

좁은 역사 안에서 가야 할 곳을 생각하고 미래를 꿈꾸던 코스모스는 이젠 없다. 전생의 일이 돼버렸다. 아득히 놓인 선로를 바라보며 머리 깎은 측백나무가 줄지어 서 있고 코스모스 하늘거리는 승강대에서 사람들이 하하호호 웃으며 기차를 오르내리는 것을 상상해본다.

어등역은 학가산 등산로 입구인 우레실이 멀지 않고, 조금만 걸으면 내성천이 나온다. 우레실에서 학가산을 올라서 산성마을이나 문바우(오암)로 해서 돌아올 수 있고, 산을 넘어서 안동 광흥사 쪽으로 하산할 수도 있다.

셔틀버스가 우레실에서 산성마을을 거쳐 광흥사를 오간다면 산을 좋아하는 분들이 많이 찾을 것이다. 또 내성천 변을 따라 어등역에서 삼강주막까지 트레킹 길을 조성한다면 걷기 좋아하는 분들이 멀리서 줄지어 찾아올 게다.

물길이 다시 열려야 한다. 영주댐에 갇혀 신음하고 있는 물을 흐르게 하여 모래강이 흘러야 한다. 강바닥에 뿌리내린 버들이며 자갈을 제거하는 건 뒤의 일이다. 부수적이다.

7) 하얀 코스모스와 내성천 걸을 날 기다리며

경북선 선로의 보문, 일방, 고평, 유천, 용궁 이런 간이역들이

문을 열고 느린 기차가 다니면 경향 각지에서 호사가들이 소문을 듣고 아이들 손을 잡고 찾게 되고, 가까운 학가산 자락의 마을에선 생산물을 남부여대하여 맛난 먹거리 난전을 펴고 손을 맞을 것이다. 영주, 예천, 안동 등지의 숙박업소들은 기지개를 켜고 단장을 하고 선비촌, 무섬마을, 금당실, 하회마을 같은 전통마을에선 나그네들을 맞을 채비로 분주하고, 한옥 민박집에선 군불 땔감을 구하느라 부산할 것이다.

어등역은 다시 머리 깎은 측백나무들이 줄을 서고 코스모스가 손을 잡고 서서 하늘거리며 사람들을 마중할 것이다. 얼굴 까만 동무, 하얀 교복 입은 코스모스와 내성천 변을 함께 걸을 날이 올 것을 믿어 의심하지 않는다. 어등역은 그런 날이 올 것을 알고 있다. 남북으로 뻗은 길을 열어두고 다음 생이 아닌 현생에 그걸 하자고 묵묵히 기다리고 있다.

대구
기행

여행은 의도하였든 않았든지 간에 대부분 즐겁게 다가온다. 오랜만에 대구를 가기 위해 KTX 홈페이지에 들어가 봤다. 서울에서 대구로 가는 금요일 오후 열차표는 거의 매진이었다. 가는 길에 소년 시절의 벗들을 만나고 싶은 나로서는 좀 답답하였다. 하는 수 없이 일하고 있는 직장을 조퇴하기로 하고, 3시 40분에 서울역을 출발하는 열차표를 예매했다.

고향이란 무엇인가? 고향은 연고가 있는 고장이다. 일반적으로 나고 자란 곳이 바로 그곳일 게다. 그러나 왜 그리운 존재로 그 사람의 심저에 남아 있는지를 생각해본다면 고향의 의미는 각별하게 다가오게 된다. 바로 사람들이다. 많은 것들은 무상하기 마련이고, 100년 남짓한 동안 그 무상한 변화를 사람으로서는 감당하기 어렵다. 그러기에 그 인물과 관련이 있는 지역을 많은 시간이 지난 뒤에 가서 추억하게 된다.

경상북도 북부 지역의 두메에서 나고 자란 나로서는 대구는 번화한 곳이고, 교육을 받을 수 있는 대처였다. 그곳 두메의 시골 중학교 3학년 6월에 대구로 전학을 가서 공부하는 틈틈이 탁구며 바둑을 두다가 남산동 소재의 대건고등학교에 들어가게 되었다.

사실 면 소재지에서 조금 공부한다던 나는 대처인 대구의 명문고 입학시험에 실패하고 다음 해 예정된 연합고사를 피해 2차로 이른바 이류 고등학교인 대건고에 들어갔던 것이다. 당시 나와 같이 입학한 벗들은 자신이 다니는 대건고를 부끄러워하며 모자를 벗어 가방 사이에 넣고 다니기도 하였고, 어떤 벗들은 1차에 어느 학교를 지원하였는지를 강조하여 현재의 자리에 있는 게 자신의 본디 모습이 아니라는 것을 은근히 힘주어 말하기도 하였다. 나도 이런 부류들 중 한 명이었을 게다.

다른 이들이 열심히 일하며 근무하고 있는 시간에 어디로 떠나는 사람은 선택받은 자일 것이다. 때로 꽃 핀 아침에 일상의 공간으로 출근을 하다가 문득 아프다고 사실 아닌 상태를 직장에 전화를 하고 낯선 공간으로 가서 떠돌다가 오고 싶은 생각이 든 적은 없는가.

서울역은 사람들로 북적거렸다. 열차를 제 몸 위에 얹지 않은 빈 선로는 상상을 제한받지 않아서 좋다. 그 길이 복잡한 듯하나 자유롭다. 상상력이 제한받는 곳이 있다면 그곳은 전쟁의 상흔을 지니고 있는 분단된 나라 남북한의 우리 겨레들이다. 우리의 머

38

리에 북한은 점선으로 놓여있다. 북한 사람들의 상상력도 마찬가지일 터이다. 그런 점에서 우리는 온전한 사람들이 아니다.

이런저런 상념이 꼬리를 물기도 전에 열차는 동대구역에 도착하였다. 아쉬움과 굉장한 속도를 지닌 문명의 이기에 감사하며 남산동 시절의 벗들을 떠올리면서 택시를 탔다. 그리고 전원을 꺼두었던 휴대전화를 켜니 여러 통의 부재중 전화가 확인을 요망하고 있다.

대구에서 동창들의 모임 발전을 위해 회장을 마다하지 않았던 H는 일찍 도착한 나를 놀라워하며 약속 장소의 변경을 알려줬다. 서울의 언론기관에 있다가 뜻하지 않은 일로 대구에 있게 된 L의 사정을 말했다.

H와 대화를 하는 순간은 늘 바닷가에 선 것 같다. 키가 크고 훤칠한 외모에 매력적인 바리톤의 낮은 음성은 미샤 마이스키가 연주하는 바흐의 무반주 첼로 소리 같다는 생각이 들곤 한다. 남자인 내가 이럴진대 여성들은 어떠할까 하는 소모적인 상념을 하다가, 동창 중 이런 멋진 남성이 있다는 게 축복이라는 생각을 하며 한편으로는 여러 사람을 상대하는 그의 직업이 그에게 잘 어울린다는 주제넘은 상상도 해본다.

수성구 동쪽 끝자락에 있는 시지는 지금은 옛날 어느 지역인지도 가늠할 수 없을 만치 변해버렸다. 아니, 변했다기보다 이곳에 살아보지 않은 나로서는 여느 도시적 풍경과 다를 바 없었다.

시지의 고깃집 '하늘타리'에는 L과 L의 시중을 드는 조카와 전

자공학을 전공하여 교수로 있는 K가 와 있었다. 술과 인정에 고파 허겁지겁 투명한 광기를 급하게 몸에 들어부었다. 얼마 뒤 낯선 그러나 모습이 기억에 남아 있는 중년의 사내가 나와서 인사를 하는데 S군이었다. 그는 늙었다며 겸연쩍어했으나, 세월이 그에게서 머리카락을 일찍 데리고 가서 무상을 보여준 것일 뿐이다. 나는 다른 데, 이를테면 정신에 노년의 흔적을 담고 있지나 않을까. L은 건강하게 살아왔다. 보통 사람이 가늠할 수 없는 고통을 잘 견뎌왔다. 한 치 앞도 보이지 않는 길을 더듬거리듯 살아온 그의 세월을 내 일천한 경험으로는 천분지 일도 제대로 표현할 수는 없을 것이다.

동창을 만나면 왜 편한가. 한국어는 상황 맥락에 의존성이 어느 나라 언어보다 강하다. 그러니 많은 경우 함께해온 것을 생략하고 말하게 된다. 미더우나 또 그만큼 오해의 여지도 많다. 우리는 남산동 시절의 교정을 이야기하고, 선생님들 얘기를 했다. 우리는 겉으로 눈물을 비치지는 않았으나 가슴이 울고 있었다. 이국에서 마지막을 보낸 선생님 사정이며, 말로 다할 수 없는 주변의 벗들 이야기와 자신들의 근황을 사실적으로 보고하거나 전했다. 모두 가슴에 자전거 부챗살에 부서지는 햇살을 타고 오는 어린 시절의 소년이었다. 언어가 부재한 공간을 20도가 채 안 되는 광기가 말 없는 말로 먹먹한 가슴들을 어루만졌다.

이윽고 L과 L의 조카와 늦게 온 S군이 어둠 속으로 떠났다. L은 S군이 사는 가까이 살고 있었고, 술과 친분 관계가 적은 그는 다른 벗들이 기다리는 시내 모처로 동행하지 않았다.

많은 동창들과 각별한 교분을 갖고 있는 H는 내게 되도록 많은 벗들을 만나게 해주고 싶어했다. 나는 대구에서 모 문학회 회장을 하는 J를 불렀고, H는 전임 회장을 한 M과 C를 불렀다. 그들이 일이 있고 바쁜 데 늦은 시각에 자리에 나온 것은 나란 사람 때문이 아니라 H의 덕망의 과보였다.

야채 이름을 상징으로 내세운 그 음식점에서 H는 색깔이 중후한 동아제약의 새로 나온 술 블랙(익명)을 시켰는데, 술 욕심이 많은 나는 호기심에 몇 잔 들이켰더니 금세 취기가 돌았다. 멀리 동해안에서 여행온 대게와 이른 봄에 맛볼 수 없는 과일에 내 몸은 언어와 행동이 얼마 지나지 않아 시간과 공간을 자유롭게 넘나들게 되었다.

다음 날 아침에 눈을 떠보니 내 몸은 낯선 역려(逆旅)에 머물러 있었다. 여러 가지 부연하고픈 말이 있지만 괄호로 남겨두겠다. 뒤에 두주불사의 H는 나를 배웅하고도 늦게 온 M과 C 등과 소주 몇 병을 더 했다고 전갈했다.

역려를 나온 나는 아침을 하려고 무작정 택시를 탔다. 택시기사분의 안내로 앞산에 있는 D식당에 갔다. 그리고 '불로' 막걸리를 한 병 시키고, 어제의 고마움을 생각하며 H에게 전화를 했는데 D식당의 음식은 해장으로 적절하지 않다고 하더니 5분 이내에 나를 만나러 오겠단다. 그리고 나를 데려간 곳이 중구 동인동에 있는 '미화(味華)' 곧 '맛의 꽃'이란 의미를 지닌 복요리 전문집이었다. 그런데 공교롭게도 공사 중이었다. 그러나 주인은 조금 기다리라고 하더니 공사가 없는 방으로 안내하고 근사한 상을 차려주는 게 아닌가. 서울로서는 어림없는 일이었다. 무엇 때문이었겠는가? 행간을 살펴보라.

복요리 전문집 '미화'를 나와서 들른 곳은 대명동에 있는 우동 전문집 '가가시'였다. 이 집은 일본라멘 프랜차이즈 집이었는데 국물 맛이 일품이었다.

2시 30분에 제이스 호텔에서 집안 친척의 혼례식이 있는데, 그 시각 나는 모처의 노래방에 있었다.

내 귀경길이 늦어질까 봐 염려한 모 인사의 길라잡이로 나는 동대구역에 때맞춰 갈 수 있었고, 거기서 아침에 서울에서 혼례식에 내려온 아내를 만났다.

그러고 보니 나는 결혼식에 왔다가 정작 혼례식에는 가지 못하고 벗들과 부유하다가 서울로 돌아왔다.

소설가 염상섭이 『만세전』에서 아내의 부음을 받고 바로 서울로 가지 않고 동경에 온 카페 여급의 사정을 걱정하기도 하고, 부관연락선 안의 목욕탕에서 제국주의의 주구 노릇을 하는 일본인의 작태에 분노하고, 상경하다가 김천에 들러 유랑하고 여러 날 지난 뒤에 망인을 보러 간 게 이제야 조금은 이해가 되었다.

다만 아쉬운 것은 H의 사무실 가까운 곳에 있다는 '고디이' 집을 가보지 못했다는 점이다. 그러나 사람이 한꺼번에 기약했던 것을 다하지 못하는 것은 다음이 있다는 풍정을 넌지시 일러주는 저 높은 곳에 계신 분의 뜻이 아니겠는가.

부디 이 글이 다른 곳으로 흘러나가 오해를 불러일으키지 않기를 바라거니와 넌지시 봄 햇살을 맞으며 한 번쯤 미소로 흘러버리기를 바라마지 않는다. 또 내가 기약한 첫 번째 장소를 가지 못한 것도 더 중요한 게 무엇인가를 이 몸의 행동을 통하여 다른 벗들도 생각해보란 남산동 교정에 동상으로 서 계신 분이 전하시는 미묘한 암시 아니겠는가.

며칠째 H가 선사한 '말로'란 여성과 동승하고 다녔다. 그 젊은 여성은 〈신라의 달밤〉이며 〈동백 아가씨〉 등의 뽕짝을 재즈로 옷을 바꿔 입고 내 귀를 즐겁게 해주고 있다. 오늘도 몇 번인가 내가 좋아하는 〈산유화〉를 흥얼거리며 따라불렀는지 모른다.

돌아갈 수 없는 영혼의 고향,
태동기(胎動期)

조직에 가입하든지 복권을 사든지 어떤 선택이 우연이라고 생각했던 게 나중에 깨닫고 보니 필연이고 그게 당신 삶의 전부를 뒤바꾸었다면 그건 바로 알 수 없는 숙연이 영향을 미친 것이다. 그래도 우연이라고 생각한다면 그건 필연을 가장하는 신의 솜씨가 빼어나기 때문이리라. 그것도 전공으로 선택한 대학의 학과가 아니라 고등학교 때 잠시 몸을 담았던 동아리가 삶의 여로를 밝히고 끊임없이 작용을 한다면 당신은 그 인연을 어떻게 받아들일 것인가?

나는 대구에 있는 한 고등학교 문예반에 든 게 계기가 되어 대학의 국문학과를 다녔고, 고등학교 국어 선생이 되어 20년 넘게 학생들을 배우며 가르쳐왔다. 그 고등학교 문예반 출신 선후배들과 지금까지 서로를 그리워하며 만나고 있고, 이들은 그들이나 내게 돌이킬 수 없는 변고가 생긴다면 아마 천재지변이 생길지라도 무릅쓰고 보러 가는 사람이 될 것이다.

돌연한 아버지의 죽음 여파와 정신적 공황으로 마약을 상습적으로 사용해 감옥을 오가던 전직 대통령의 아들 박 아무개가 첫 연합고사로 서울의 모 고등학교에 입학했을 때, 면 소재지에서 조금 공부한다던 나는 대처인 대구의 명문고 입학시험에 실패하고 다음 해 예정된 연합고사를 피해 2차로 이른바 이류 고등학교인 대건고에 들어갔다.

대건고는 순교한 김대건 신부의 이름을 딴 천주교 재단에 속한 고등학교였지만 종교적 색채가 없이 비교적 자유로운 분위기였다. 당시 선생님들께서는 마지막으로 시험을 치르고 들어온 제자들에게 각별한 애정을 가지고 대했고 열성적으로 가르쳤다. 무엇보다도 제대로 된 사람을 만들려고 많은 애를 쓰셔서 지금도 어쩌다 같은 학교를 졸업한 사람들을 만나게 되면 이구동성으로 그런 훌륭한 선생님들께 배운 걸 자랑스럽게 여기고 그리워하는 모습들을 보게 된다.

당시에 남산동에 있던 고등학교 교정에는 로마 교황청에 등록된 예스런 풍의 성당 건물이 있었고, 교사 뒤편 주교관(主敎館)을 사이에 두고 효성여고가 있었다. 주교관이 있는 곳에는 아까시나무가 여러 그루 있어서 꽃핀 봄날에 바람이라도 부는 날이면 우리들은 코를 벌름거리면서 그 향기에 취해서 교정을 배회했다.

1974년 3월 어느 날 교실에 동아리 광고를 나온 선배를 따라

문예반에 들게 된 게 내 인생에서 가장 큰 줄기를 이루었고, 그이후 문학이란 바다를 떠나 살아본 적이 없다. 나중에 알게 되었지만, 그냥 문예반이 아니라 태동기(胎動期, 생명체가 어미의 뱃속에서 꿈틀거리는 때. 이 닉네임은 지금 대구문화계에서 활동 중인 6년 선배인 박상훈님께서 명명함)란 다소 낯설지만 미래지향적인 별명도 지니고 있다는 걸 알게 되었다.

당시 지도교사인 도광의 선생님께서는 〈매일신문〉 신춘문예와 〈현대문학〉을 시로 문단에 나온 키가 크고 잘 생기신 분으로 태동기에 대해 남다른 애정을 가지고 계셨다. 친구분께서 동막(冬幕, 겨울 원두막)이란 호를 붙여줬다는데 지금 생각해도 외람된 소견에 키가 크고 좀 쓸쓸해 보이는 선생님께 어울린다는 생각이 든다. 선생님께서는 작품 한 편에 대해 이래라저래라 말씀하시지 않고 주로 큰 범주에서 물꼬를 터주시는 말씀을 해주셨던 것 같다. 선생님의 지도를 받고 문단에 나오거나 언론 등 문학 관련업에 종사하는 사람들은 대략 60명을 넘는다. 그래서 대구 쪽 문단에서 '대건 산맥'이라 말씀들 한다는 걸 듣기도 하였다.

그때 문학동아리 방의 풍경은 구석에 야구방망이(한 번도 사용하지 않은 전시용이었다)가 하나 놓여있었고, 기다란 책상 위에 책꽂이가 하나 놓여있었다. 거기에는 교지와 시집과 소설집 몇 권 그리고 손때 묻은 공책이 한 권 있었는데, 우리는 그 공책 속의 글을 외며 오로지 그 공책 속의 주인공이 되고자 애를 썼다. 푸쉬킨이나 박경리보다도 그 공책에 있는 주인공이 부러웠다. 그 공책은 역대 선배들이 백일장이나 대학의 현상문예공모에 입상한 명단과 작품을 적어놓은 이른바 '태동기 족보'였다. 우리의 소원은 공부를 잘해서 상을 받는 것보다 족보에 이름 올리는 것이었다.

당시에는 경희대학교나 원광대학교 외에 문학특기생을 뽑는 대학교도 거의 없었다. 그러나 오직 족보에 이름을 올리기 위해 경주의 신라문화제, 진주의 개천예술제를 찾았고, 서울의 동국대 문학콩쿠르 등에 참가하기 위해 밤 열차를 탔다.

지금은 많은 대학교에서 문학특기생을 뽑으니 문호가 개방되어 다행이나, 문학에 대해 순수한 열정으로서 글을 쓰기보다는 대학에 입학하기 위하여 글을 쓰는 것 같아 좀 아쉽기도 하다.

내가 대건고에 다니던 시절 전후 몇 년은 태동기 역사 가운데에서도 이른바 르네상스 시대였던 것 같다. 그 중 몇을 손으로 꼽아보면 위로 2년 선배로 신춘문예로 등단한 류후기 선배와 신인상 출신의 홍성백 시인이 있고, 나와 같은 동기 중에는 『홀로서기』의 서정윤 시인이 있다. 한 해 후배로 단국대 문예창작과 교수로 있다가 퇴직한 박덕규 씨와 신춘문예로 나와 소설을 쓰는 권태현 씨가 있으며, 2년 후배로는 문학평론가 하응백 씨와 시나리오로 대종상을 수상하기도 한 이경식 씨가 있다. 3년 아래로는 국어교과서에 시가 나오는 단국대학교 문예창작과 교수인 안도현 시인이 있으며, 4년 후배로는 『너는 눈부시지만 나는 눈물겹다』의 시인 이정하 씨가 있다.

태동기는 선후배 간의 위계질서를 존중하는 동아리이다. 선배는 후배를 위해주고 후배는 선배를 따르나 함부로 무람없이 굴지는 않았다. 박덕규 씨는 나와 같이 입학하여 같은 학급에 다녔으나 사정이 있어 1년 휴학을 하게 되어 문예반 1년 후배가 되었다. 지금은 어느 정도 받아들여지지만 문예반 동기생이 있는 데에서 박덕규 씨는 내 이름을 함부로 부르지 않았다. 재학 중 박덕규 씨는 기타를 치며 송창식의 〈피리 부는 사나이〉를 잘 불렀다. 뒤풀이 자리에서 노래 부르는 게 부담스러운 나는 키 큰 그가 비브라토를 넣어 멋지게 노래를 부르는 게 참 부러웠다. 그는 고등학교 재학 때 소설에 재능이 빼어나, 당시 모 대학현상공모에 입상한 「평행봉 선수」란 단편은 아직 내게 인상적으로 남아 있다. '시운동' 동인으로 시를 쓰기도 하였으나 지금은 다시 소설가로 글을 쓰고 있다.

『홀로서기』로 문명을 날린 서정윤 시인은 김춘수 시인을 사사했다. 서정윤 씨는 나와 앞뒤를 다툴 정도로 음을 다스렸으나 〈지금도 마로니에는〉 노래를 즐겨 불렀다. 그는 모교인 대건고에 재직하다가 지금은 창작교실 등으로 소일하고 있다.

하응백 씨는 「깨 엄마」란 수필을 써서 선생님의 칭찬을 받기도 했는데 빨리 어른이 되고 싶어 가끔 가발을 쓰고 외출을 하기도 하였다. 현재 비평 활동을 하며 출판사를 경영하고 있다.

눈이 크고 잘 생긴 이경식 씨는 당시 대구에서 손꼽히는 수재로 서울대 경영학과에 입학했는데 경영학과 공부보다는 국문학과 수업을 열심히 듣다가 경희대 국문과 대학원을 마치고 문학판으로 돌아오게 되었다. 지금은 전문번역가로 활동하고 있는데 한때 시인 김정환 씨와 노동자문예운동을 하여 공연문화 발전에 기여하였다.

안도현 시인은 내가 대학 시절 대구에 내려갔을 때 태동기 시화전 뒤풀이에서 처음 만났다. 그는 맑은 눈빛으로 좋은 시인이 되고 싶다 했는데 그의 말대로 일가를 이룬 시인이 되었다. 대구 출신의 그가 원광대로 간 것은 문예특기생이었기 때문이며, 그의 뒤를 따라 이정하 씨도 원광대로 가서 같은 대학의 후배가 되었다. 안도현 시인은 전에는 서정주 시인의 시를 송창식 씨가 가창한 〈푸르른 날〉을 잘 불렀으나 이즈음은 김광석의 〈거리에서〉를 잘 부른다.

노래와 기타 솜씨가 빼어난 동인들이 많으나 그 중 가장 빼어난 사람을 들라면 이정하 시인을 꼽아야 할 것 같다. 언젠가 한 번 라이브 카페에 함께 갈 기회가 있었는데 출연자가 벌린 입을 다물지 못하던 기억이 떠오른다.

당시 대구의 고등학교 문예반은 제각기 닉네임을 지니고 있었는데 이를테면 대구고 문예반은 '계단', 계성고 문예반은 '근일점' 등이었다. 어느 학교 문예반이나 다른 학교 문예반원들과 서로 긴밀하게 교유를 했다. 대구 시내 각 고등학교 문예반원들이 모여 배구대회를 하면서 의를 돈독히 하기도 했고, 합평회를 하면서 문학에 대한 열정을 태웠다. 그 시절 만난 다른 학교 선후배들로는 홍영철, 황영옥, 문형렬, 박기영, 장정일 씨 등이 기억에 남아 있다.

학교마다 다소 사정은 있었으나 당시 대구 시내 고등학교에 학적을 두고 있던 대다수 문예반원들은 학교를 물론하고 봄철이면 시내 중심가에 있는 YMCA화랑 등지에서 시화전을 열었고, 언제 어떤 문학동아리가 시화전을 한다고 연락이 오면 떼로 몰려가 축하를 했다. 시화전 팸플릿을 만들고 포스터를 그려 각 학교를 방문하던 기억이 지금도 눈에 아삼하다. 마음에 두고 있던 여학생이 있는 학교를 갈 때면 마치 초등학교 때 소풍 전날 밤잠 못이룰 때처럼 가슴이 설렜다. 시화전을 며칠 동안 했는지 구체적으로 기억이 나지는 않으나, 학교의 허락을 받아 당번을 짜서 시화전을 하는 화랑을 지키고 방문객을 안내했다. 태동기는 미술반원들과 긴밀하게 협조를 하여 문예반원이 원고를 써주면 미술반원들은 만사를 제쳐두고 시화를 그려줬다. 그들의 시화 솜씨 또한 기성 못지않았으며 빼어났던 것 같다.

지금 돌이켜보니 문재가 있었으나 꽃피우지 못하고 일찍 지상을 떠난 이도 있으며, 외국에 나가 연락이 돈절된 사람도 있다. 은사 도광의 선생님 시비 건립 얘기도 나오고 있으니 머지않아 동인들이 한 자리에 만나서 도타운 의를 확인하는 자리가 있으리라 믿는다.

태동기의 역사는 나 같은 천학비재가 쓸 글이 아닌 것 같다. 꼭 문학만이 아니라도 고시를 통과한 사람에서 의사와 화가도 있으며, 현재 활동 중인 빼어난 언론인이 한둘이 아니다. 빼어난 후배 문인이 나와 따로 자리매김을 해야 할 것이다. 그러하자면 지나간 시절의 영화를 자랑만 삼을 게 아니라 문학에 젖어 사는 사람이라야 가능한 일일 게다. 또 웅숭깊은 글을 쓰기 위해서는 손끝의 재주만 생각할 게 아니라 많이 공부를 해야 하며, 그 공부가 즐거워야 할 것이다.

달빛 띠고 자맥질하며
오시는 나그네

　20여 년 전의 일이다. 세파의 물마루 위에 놓인 가랑잎 모양 오가는 방향도 없이 내일의 일을 가늠하지 못하고 하루하루를 살아가던 때였다. 이젠 다른 세상에서 사시는 시인 이광웅 선생님을 교사 문인단체인 교육문예창작회 회장으로 모시고 그 밑에서 나는 사무국장, 곧 상머슴으로 '시와 노래의 밤' 행사를 기획하고 진행을 지원하면서 전국을 순회하였는데, 첫 번째로 전북에서 그 무대의 장을 열어 성황리에 마치고 안도현 시인 집에서 하룻밤 묵게 되었다.

　그와 나는 대구에 있는 모 고등학교 문예반 출신 선후배 관계라 무람없이 지내는 처지였다. 무람없는 건 내 쪽이고, 그는 예나 지나 쥐뿔도 없는 내게 늘 깍듯하고 따뜻한 사람이라. 그의 딸 유경이가 아직 유치원도 들어가 전이어서 양변기 사용이 미숙하여 옷을 적시던 모습을 보았는데 벌써 북경대학교 중문학과를 졸업한 지 몇 해가 흘렀으니 해와 달이 지구별을 몇 번이나 어루만지고 지나갔는가.

이런저런 이야기를 나누다가 안도현 시인은 자못 심각한 표정으로 어른이 읽을 수 있는 동화를 쓰고 있다며 미완성의 원고 뭉치를 보여주며,

"형, 이 거 괜찮을까요?"

"○○아, 산문은 고만두고, 하던 시나 제대로 써라."

잘은 떠오르지는 않으나, 그는 잠시 말이 없다가 머쓱해하더니 화제를 다른 데로 돌렸던 것 같다.

얼마 뒤, 사람의 입에 날고기와 구운 고기가 드나드는 정도로 한 권의 책이 세상을 유랑하며 그 존재의 의미를 물었다. 『연어』였다. 그가 서명한 책이 내가 사는 집 문턱에도 도착하였다. 그러나 나는 책을 읽지 않았다. 아니 읽을 수가 없었다. 그가 손에 땀을 적시며 돌에다 새기듯 공들여서 썼고, 그리하여 세상이 그에게 답신을 보내준 것일 텐데, 선배랍시고 경박하게 한 언사가 많이 부끄러웠다. 그의 『짜장면』이나 『증기기관차 미카』나 시집 등을 다 읽었어도 『연어』는 읽지 못했다. 판이 100쇄가 넘게 나오고, 여러 나라의 언어로 번역되어 뭇사람들이 『연어』를 만나고 있을 때도 나는 『연어』를 만날 수 없었다.

이제 이 글을 쓰기 전 『연어』를 만나 악수를 했으니 핑계의 무덤에서 나와도 될 법도 하다. 마음에 남아 있던 정체를 알 수 없

는 앙금도 사라졌으니 그 또한 『연어』의 선물일 것이다.

돌이켜보니 나는 가까이 있는 사람들에게 얼마나 함부로 대했던가. 어머니와 아내와 아이들에게, 벗들과 선후배들을 친하다는 수식어를 들이대며 어떻게 대했던가. 그게 위악적이라 할지라도 반성문 같은 이 글을 쓰면서도 내가 나를 용서할 수 없다. 또 두렵다. 혹 이 글을 읽은 아는 이들의 시선이 나무를 어루만지며 지나가는 바람결로 "괜찮아, 괜찮아"라고 할지라도.

내가 아는 어떤 분이 북유럽을 여행하고 돌아와서 인터넷 카페에서 사용하는 그의 닉네임을 '지스나'로 바꾸었다. 무슨 뜻이냐고 물어봤더니 '지구를 스쳐가는 나그네'의 줄임말이라 했다. 그러면서 노르웨이 등 북유럽 사람들의 자연관을 들려줬다. 자연을 아끼는 마음이 바로 지구별을 여행하는 나그네와 같아 함부로 자연을 훼손하지 않으려 애써서 뒤에 오는 나그네들의 마음에 불쾌의 그늘을 드리우지 않게 하려 한다고. 이런 점에서 나도 나그네이고, 연어도 나그네일 터이다.

내게서 떠나갔던 연어들이 돌아오고 있다. 허허바다 여행을 하고 마지막 남은 힘을 모아 태초의 고향으로 귀향하고 있다. 달빛을 띠고 물살을 가르며 자박자박 몸 뒤척이는 소리를 내며 내 가슴으로 돌아오고 있다. 미끈미끈한 지느러미가 느껴지고, 무쇠도 끊을 듯한 꿈틀거리는 생동감이 손에 전류가 통하는 듯하다. 이 나그네들의 귀향이 반갑고 기뻐서 나는 한동안 잠을 이루지 못할 것 같다.

목숨을 걸고 살다간 이의
발자취를 좇아

전주에 가기 위해 서울남부터미널에 왔다. 안도현 시인이 일러준 대로 우석대 경유 행 버스에 몸을 얹었다. 이번 전주 여행의 목적은 안도현 시인을 만나러 가는 게 아니라 오래 전부터 여러 차례 얘기해왔던 교육문예창작회 초대회장 이광웅 선생님의 시비와 묘소를 돌아보기 위해서이다.

자리를 잡고 앉으니 이런저런 상념이 물밀어온다. 선생님이 가신 지 벌써 20여 년이 흘렀으니 그동안 참 무심했구나 하는 죄스러운 마음이 무겁게 다가온다. 맑고 향기로운 미소로 늘 주변 사람들을 따뜻하게 대해주셨던 이광웅 선생님, 그리고 선생님이 옥고를 치를 때나 그 후 병고로 큰일이 닥쳤을 때 꿋꿋하게 인고의 세월을 보내셨던 사모님, 이런 두 분을 닮아 맑고 순수했던 자제분들 등이 기억의 창고에서 걸어 나와 두런두런 말을 건넨다.

1989년 교육문예창작회를 창립하면서 선생님은 회장으로, 나는 사무국장으로 만났다. 선생님은 댁이 전북 군산이고 활동하시는 곳이 전주라 주로 군산이나 전주에 계셨고, 연로한 부모님을 위해 경기도 성남시 분당에 작은 아파트를 마련해드려 한때 짧게나마 분당에 계시기도 하였다.

교육문예창작회 창립대회는 동국대학교에서 했다. 동국대학교에서 하게 된 것은 나와 관련 있는 사람들이 그 행사를 지원할 수 있었기 때문이었다. 당시 경찰과 형사들의 수고(?)로 학교 앞까지 왔다가 돌아간 분들도 있었다 하는데, 그때 짧은 머리에 인상이 우락부락한 분이 내게 다가와 "글씨 쓸 일이 있으면 나한테 맡기소" 해서 형사가 이런 자리에까지 와서 행세를 하나 했는데, 나중에 알고 보니 소설가 김춘복 선생님이었다.

교육문예창작회는 초창기에는 20여 명 남짓이었으나 1991~1992년 무렵에는 150여 명이 되었으니 교사치고 글에 관심이 있거나 좀 쓴다 하는 분들은 한때 교육문예창작회와 관계를 맺었다고도 할 수 있겠다.

지금은 고인이 되신 인천대 국문과 교수인 최 아무개께서 전화를 하고 찾아온 게 기억이 나고, 사무실이 없어 곁방살이를 하던 영등포구 당산동 사무실에 나희덕 시인이 찾아와 말씀을 나눈 기억이 난다. 미술교사로 소설을 쓰기도 한 부산의 신기활 선생님도 기억에 남아 있다. 신 선생님은 〈우리교육〉이 주최하고 교육문예창작회가 주관한 소설공모에 상을 받기도 했는데 후문은 모르고 있다.

한 번은 촌철살인한 만평으로 명성을 날리던 박재동 화백이 성균관대 근처 음식점으로 찾아와 그 자리에 있던 몇의 얼굴 이미지를 그려줘서 즐거움을 주기도 하였다. 아마 성균관대에서 연교육문예창작회 행사 뒤풀이 장소였는데 거기에 친구인 부산의 이상석 선생님이 참여하게 되어 만나러 왔던 자리였던 것 같다.

교육문예창작회는 초창기에는 주로 교육운동 주체인 전국교직원노동조합(전교조)의 외곽단체로 지원을 하였다. '시와 노래의 밤' 행사를 주관하여 지역민들에게 교육운동의 당위성과 타당성을 알리고 관심과 사랑을 호소했다고 하겠다. 청주, 천안, 전주, 대구 등지에서 해당 지역 교육문예창작회 선생님들이 연출을 하고 지역 풍물패와 노래패의 찬조 출연을 받아 행사를 했는데 교사 가족들이나 청소년들에게 좋은 호응이 있었던 것 같다.

교육문예창작회는 '시와 노래의 밤' 행사 외에 일로 마땅한 돌파구를 찾지 못했는데 초등 쪽에서는 그 성과가 있었다. 바로 '삶의 동화 운동'이다.

환상적이고 맹목적 꿈을 심어주는 동화보다는 현실에 시선을 두어 건강한 상상력을 바탕으로 한 글을 써서 아이들의 미래가 튼실하게 여물 수 있도록 하자는 게 대충의 목표인데 전교조 신문국에 있다가 찾아온 송언 선생님이 그 주역이 되었고, 이론적 비평은 이재복 선생님이 해주었다.

삶의 동화 운동의 결과는 교육문예창작회 회원이기도 한 윤재철 선생님이 계시는 '푸른나무' 출판사에서 시리즈로 내어 어린이를 둔 어머니들과 어린이들에게 좋은 반응이 있었다. 이 운동에 참여하여 활동했던 선생님들로는 경기도 조안초등학교 교장으로 계신 이중현 선생님과 시인으로 고인이 된 정세기 선생님, 그리고 김기명 선생님, 주필숙 선생님, 이향원 선생님, 정은주 선생님, 임난주 선생님 등이 기억난다.

교육문예창작회는 여름방학과 겨울방학 때 특정한 장소에서 연수를 하여 유대를 강화했는데 이론보다는 정서가 주조였고 술이 매개체였다.

중등 쪽은 초등 쪽과 달리 마땅한 사업을 찾기 어려워 고심하다가 마련한 게 '청소년과 함께하는 글쓰기 마당'이었다. 그 구체적 세목은 잘 생각나지 않으나 프로그램에 참여한 학생들이 현장 체험 활동을 통해 즐겁게 수행할 수 있게끔 하는 내용이었는데 김진호 선생님, 최성수 선생님과 세명대 국문과 교수인 권순긍 선생님 등이 중심이 되어 꾸려주었다.

이런저런 상념의 물꼬가 꼬리를 물다 보니 고속버스 기사분이 내리라 엄명을 한다. 우석대가 초행인 내가 몇 번 티를 낸 탓이다.

예술대학 안에 있는 안도현 시인 연구실을 찾으니, 그는 반갑게 맞으며 동행자가 두 분 더 있다 한다. 한때 이광웅 선생님과 같이 근무했던 진 선생님과 우석대에 함께 근무하는 박성우 시인이란다.

기다리던 두 분이 와서 시비가 있는 금강 하굿둑을 찾았다. 군

산 즈음에서 있을 뒤풀이를 위해 진 선생님이 운전을 하고, 안내
는 안도현 시인이 했다.

전주에서 군산 가는 자동차전용도로가 아닌 옛길은 이광웅 선
생님이 전주와 군산을 오가던 길이다. 또 이 길은 이광웅 선생님
의 삶을 격류의 소용돌이 속에 빠뜨리게 한 것과 관련 깊다. 안도
현 시인이 들려준 '오송회 사건'의 대충은 이렇다.

어느 날 이광웅 시인은 짐을 정리하다가 어렸을 때 베껴두었던
오장환의 네 번째 시집 『병든 서울』의 노트를 우연히 발견했고,
그것을 동료교사인 박정석 선생님이 복사해 가지고 있었다. 박
정석 선생님의 한 제자가 그 복사본을 빌려 갖고 다니다가 군산
에서 전주 가는 직행버스 안에 두고 내렸는데, 그 복사본을 습득
한 버스안내양이 그 노트를 경찰에 신고했다. 이를 입수한 경찰
은 전북대 철학과 모 교수에게 자문을 구했는데, 그 교수는 '인
민의 이름으로 씩씩한 새 나라를 세우려' 등의 구절을 지적하며
지식인 고정간첩이 복사해 뿌린 것 같다고 진단했다.

경찰은 내사를 시작했고, 이광웅 선생님 등 군산제일고 교사 5명
이 평소 자주 모여 독서 모임을 갖고, 방과 후 막걸리를 갖고 동
산에 올라가 4·19혁명과 5·18광주민주화운동 희생자 추모의식
을 가졌다는 결론에 이른다. 경찰은 처음에는 이들 선생님 5명을
이리의 남성중 출신 고정간첩으로 몰고 가려고 오성회(五星會)라
했다가 한 명이 다른 중학교 출신이란 게 드러나자 5명이 소나

무숲에서 모였다 해서 오송회(五松會)로 바꾸어 이름을 지어냈다.
…1982년 11월 2일부터 40여 일간 전주 대공분실 지하실에 끌려
가 갖은 고문을 당했고 … 검찰 조사 때도 고문한 경찰들이 바로
뒤에 앉아 시인을 강요했고 어긋나면 다시 지하실로 끌려갔다.
이 선생님들은 처음에는 살려달라고 애원했으나 나중에는 차라
리 죽여 달라고 매달렸다고 말했다. …

고초를 겪은 선생님들은 말할 나위가 없거니와 필사복사본을
무심코 직행버스에 두고 내린 그 제자의 신산했을 심신을 생각해
보니 쓸쓸한 마음을 누를 길 없다.

이 땅에서
진짜 술꾼이 되려거든
목숨을 걸고 술을 마셔야 한다

이 땅에서
참된 연애를 하려거든
목숨을 걸고 연애를 해야 한다

이 땅에서 좋은 선생 되려거든
목숨을 걸고 교단에 서야 한다

뭐든지 진짜가 되려거든
목숨을 걸고
목숨을 걸고…

    – 이광웅, 「목숨을 걸고」 전문

시비는 군산에서 장항으로 하굿둑을 따라가다가 둑을 건너기전 오른쪽에 서 있었다. 선생님의 운명에 다가왔던 소나무가 배경으로 서 있고, 앞의 시가 전면에 음각되어 있다. 투박한 커다란 자연석 그대로 만든 빗돌이었다. 선생님의 글씨를 각인한 글씨에 내 마음같이 내리는 빗물이 아롱져 흘렀다. 그 글씨를 손길로 더듬던 안도현 시인이 뒷면의 글은 자신이 썼다고 했다. 빗돌은 말한다.

여기 이 시비 앞에 서는 이들은 맑은 눈빛으로 올곧은 양심의 시를 쓰던 시인의 이름을 불러보아도 좋다. 부르다가 부르다가 목이 메어도 좋다. 이광웅 시인은 일천구백사십년 전북 익산에서 태어나 일천구백구십이년 십이월 이십이일 안타깝게 생을 마감할 때까지 "대밭" "목숨을 걸고" "수선화" 등의 시집을 내면서 보기 드물게 천진무구한 시세계를 펼쳐 보인 서정 시인으로 평가를 받았다. 아울러 그는 사람다운 사람을 가르치고자 애쓴 좋은 교사였기에 권력과 박해로 모진 고문을 받기도 하였다. 이에 이광웅 시인을 사랑하고 따르던 사람들이 그 뜻을 기리고자 금강이 바라보이는 강변에 이 돌을 세운다.

오송회 사건 피해자들은 법정에서 고문을 당했다고 밝혔으나 1심에서 9명의 피고인 중 이광웅(징역 4년), 박정석(징역 3년), 전성원(징역 1년) 3명이 실형을 선고받고 6명은 선고유예로 석방되었다.

석방된 교사들은 선고유예도 인정할 수 없다며 항소했고, 광주고등법원 2심은 "대학교육을 마치고 교사로 재직하는 이들이 공산주의 사회를 동경하며 잘못을 뉘우치는 기색도 없이 변명만 한다"며 이광웅(징역 7년) 등 3명의 형량을 대폭 늘리고, 선고유예로 석방되었던 6명도 징역 2년 6개월~1년씩 선고하여 모두 법정 구속했다. 1983년 12월 대법원도 고등법원의 형을 그대로 확정했다.

주동 인물로 지목됐던 이광웅 선생님은 사상범들을 수감한 광주 특사 독방에서 감옥생활을 시작했다가 전주교도소로 옮긴 지 1년여 만인 1987년 소위 6·29선언에 의해 특사로 풀려났다. 감옥에 갇힌 지 4년 8개월 만에 옛날과 같은 햇빛을 볼 수 있었다. 6·29선언이 민주화 열사들의 희생으로 얻어진 것이고, 이광웅 선생님은 민주화를 갈망하여 영어의 몸이 됐고 또 그 자신을 희생한 덕분에 감옥을 벗어날 수 있게 되었으니 참으로 아이러니가 아닐 수 없다.

4년 8개월 동안의 감옥은 이광웅 선생님께 많은 변화를 안겨주게 된다. 독실한 천주교 신자가 무신론자가 되었고, 분단의 아품에 대해 온몸으로 통절하게 됐다. 글을 쓸 수 있는 필기구조차 빼앗긴 상황이었으므로 짧은 운동시간에 주워온 못을 갈아 우유 곽에 시를 썼고(바르게 표현하면 구멍을 뚫어 글씨를 찍었다), 그것들을 간직하기 위해 책표지를 뜯어 붙여 시의 생명을 지켰다고 한다. 이런 시편들로 「바깥의 노래」, 「바람의 손길」 등이 있다.

이광웅 선생님 묘소로 가는 길은 원광대학교 글쓰기센터 연구교수 박태건 선생이 안내를 했다. 그는 이광웅 평전을 준비하고 있다고 했다.

선생님의 무덤은 군산교도소에서 5분 거리에 있었다. 무덤은 누군가 풀을 내린 듯이 보였으나 쓸쓸했다. 누군가 이광웅 선생님 선산발치라 했으나 공동묘지라고 누가 수정을 했다. 오가는 이가 많다면 금방이라도 발길에 스러질 듯한 무덤을 보니 마음이 아파왔다.

일행과 함께 차례로 술을 한 잔씩 올리고 음복을 했다. 술을 올리며 참으로 오랜만에 뵈러 왔다고, 용서하지 말라고 마음속으로 되뇌다 보니 어느덧 날이 어둑해져서 이광웅 선생님이 사랑했던 군산 '째보선창'으로 향했다.

1992년 이광웅 선생님이 병원에서 위암 판정을 받기 얼마 전에 선생님과 윤재철 선생님 그리고 나 셋이서 홍어를 잘하는 서울 인사동의 '영산강'에서 술을 많이 마신 기억이 난다. 그때 나는 교육문예창작회의 어려움에 대해 말씀드리며 투정을 많이 부렸고, 선생님은 내 말씀을 받아주시며 "조 선생, 요즘 왜 그런지 힘

이 없어요"라고 하시며 창백한 팔뚝을 보여줬던 기억이 난다. 그
날 자리를 옮겨 '바람 부는 섬'에 들러 맥주를 한 잔 더 하기도 했
는데, 자리가 파한 후 어머니가 계신 분당 댁까지 못 가고 도중에
몸이 불편하여 고속터미널 근처 누이동생 집에 머물렀다고 전해
들었다.

군산 째보선창에서는 안도현 시인을 비롯하여 이광웅 평전을
준비한다는 박태건 시인, 경준호 시인, 박성우 시인 그리고 한때
같은 학교에 근무했다던 진 선생님 등과 이런저런 말씀을 나눴다.

이리남성고가 낳은 천재, 가난으로 외국어대 불문과와 전북대
국문과 등 몇 개의 대학을 전전하다가 원광대 박항식 교수께서 문
예장학생으로, 자제분의 과외 교사로 데리고 있으면서 원광대를
졸업시킨 얘기, 신석정 선생님과의 문학적 교유로 문학적 갈증을
채워나갔다는 얘기, 천성의 미성 노래 솜씨로 좌중을 울린 얘기
등등…

술이 얼큰해져서 진 선생님의 차로 전주의 안도현 시인 집으
로 가는 차 안에서 나는 문득 이광웅 선생님의 시 「수선화」가 생
각났다. 수선화의 생리를 지닌 사람은 어떤 사람일까 궁금했다.
가슴에 물무늬가 어룽졌다. 나도 수선화가 좋아 시를 쓴 적 있다.

내 생에서의 영원이란

그해 봄

내게 머나먼 압록의 강물같이나 바라뵈던 복직이

명절같이나 찾아와

떠나야 했던 교직에 또 몸담아 살면서

귀여운 소년 소녀들에게 평화로이 우리 국어를 가르치던

그 학교

그 교정

그 화단 가운데

수선화 피인

갠 날이다.

수선화같이

혀끝으로 봄을 핥으려는

꼭이나 수선화의 생리를 지닌 사람을 흠모하기 비롯한

그해 봄

그 갠 날이다.

내 생애에서의 영원이란

달리 미련이나 있을 것이 아니어서…

빈 운동장 끝

그해 봄

바람 많아 섧게도 꽃대 흔들려쌓는

한결 감옥에서도 그리울, 한결 지옥에서도 새로울…

수선화 피인 갠 날이다.

    – 이광웅, 「수선화」 전문

* 부기: 진실·화해 과거사정리위원회는 1982년 간첩단으로 내몰려 무고한 옥살이를 한 이른바 오송회 사건에 대해 2007년 6월 '불법 감금과 고문으로 조작된 사건'이라며 국가는 피해자와 유족에게 사과하고 재심 등의 조치를 취해야 한다고 권고했다.

관련자 9명은 광주고등법원에 재심을 청구해 2008년 11월 25일 오후 2시 광주지방법원 301호 법정에서 무죄를 선고받아 명예를 회복했다. 대법원 3부(주심 신영철 대법관)는 2011년 11월 10일 오송회 사건 피해자인 고(故)이광웅 씨와 그의 부인 김문자(67)씨 등 33명이 국가를 상대로 낸 손해배상청구소송 상고심에서 원고 일부 승소 판결을 한 원심을 확정했다.

벼랑 끝에 핀
패랭이꽃 한 송이

이광웅 선생님은 1989년 가을 내가 전국교직원노동조합 가입 사건으로 해직되어 마땅한 정처를 찾지 못하고 있을 때 처음 뵈었다. 그리고 1992년 돌아가실 때까지 다른 분들보다 비교적 자주 많이 만났다. 일보다도 주로 그림 전시회를 함께 간다든가 날이 흐려서 술을 마시기 위해서였다.

돌아보면 삶에서 우연이란 없었다. 수십억 광년 떨어진 별에서 난 빛이 지구별에 도달하는 것이 우연일 리 있겠는가? 그러한 인과의 환경이 마련되어 있었을 것이다.

선생님은 이른바 오송회 사건으로 4년 8개월 동안 옥고를 치른 분이었다. 오송회 사건은 전두환 정권이 들어서서 첫 번째 날조한 간첩단 사건이었다.

어릴 때부터 문재가 출중했던 이광웅 선생님은 백석의 『사슴』

이나 오장환의 『병든 서울』 등을 필사해서 갖고 있었다. 그 오장환의 네 번째 시집 『병든 서울』 필사본을 동료 교사인 박정석 선생님이 복사해서 지니고 있었는데, 한 제자가 빌려 갔다. 제자가 복사본 『병든 서울』을 갖고 다니다가 군산에서 전주 가는 직행버스에 두고 내렸는데, 그것을 버스안내양이 습득해서 경찰에 신고를 했다. 경찰의 내사가 들어가고… 처음에는 이들 다섯 명을 이리 남성중학교 출신의 고정간첩으로 몰고 가려고 오성회(五星會)라고 했다가 한 명이 다른 중학교 출신이라는 게 드러나자 오송회(五松會)로 이름을 바꾸게 된다.

이광웅 선생님이 쓴 백석 시인의 필사본 공책은 안도현 시인이 갖고 있었는데 내가 한번 보자고 해도 안 된다고 했으니 지금도 그가 가지고 있을 것이다. 안도현 시인과 백석 시인의 만남은 이렇게 시작되어 『백석평전』을 쓰기에까지 이른 것으로 보인다.

이광웅 선생님을 서울 마포구 용강동의 '푸른나무' 출판사에서 김진경, 윤재철, 조재도 선생님 등이 있는 자리에서 처음 뵙고 인사를 드리게 되었다. 선생님은 단아한 모습에 말씀은 간결하였다. 소년의 얼굴에 감옥에서 고초를 겪어서였는지 고슬한 머리카락이 약간 성글게 보이기도 했다.

선생님은 노래를 잘하셨다. 교육문예창작회 연수에서든지 함께 어울리는 자리에서 선생님의 노래 솜씨를 아는 분들이 청하면 부르셨다. 도도히 흐르는 강물이 가슴으로 차오르듯 가을 햇볕에 붉은 홍옥이 자태를 뽐내듯, 서럽게 또 한편으론 아름답게 가슴을 흔들고 주변 공기를 흔들고 사람들의 영혼을 알 수 없는 곳으로 데려가 저마다의 가슴을 부여잡고 울게 하였다. 소리로 사람을 미망에서 벗어나게 하고 악을 물리친다는 티벳 불교에 나오는 밀라레빠의 현신이었다.

전주의 이병천 소설가와 안도현 시인 등이 있는 술자리에서 녹음했던 테이프를 내가 받아서 복사해서 몇 분에게 드리기도 하고 교육문예창작회 카페에 올리기도 했는데, 선생님 소리의 자취가 지금은 어디에 있는지 모르겠다.

군산에 있던 선생님 댁에 몇 번 간 적이 있다. 사모님은 화가로 중학교 미술교사였다. 아드님은 당시에 고등학생이었고, 따님은 재수를 하고 있었다.

아드님은 지난번 만났을 때 미술평론가로 간송미술관 큐레이터로 일하고 있었고, 따님은 멕시코에서 미술을 전공하고 공부를 해서 지금은 치과의사로 있다. 아드님이나 따님이나 이광웅 선생님과 사모님의 내림이 이어진 것으로 보이니 다행이고 복이라는 생각이 든다.

사모님 김문자 여사께서 풍이 와 몸이 불편하여 사위와 따님이 국내에 들어와서 함께 지내고자 하였으나 여의치 않았고, 그런 가운데 사모님이 돌아가시자 함께 왔던 가족이 다시 멕시코로 가게 되었다.

선생님 묘소는 군산교도소에서 5분 거리에 있었다. 지난번 안도현 시인 등과 찾아뵈었을 때 선산발치라 하나 주변이 너무나 쓸쓸하였다. 그래서 한국에 온 따님께 그러한 말씀을 전했는데, 사모님이 돌아가시자 선생님 묘소를 경기도 파주시 광탄면 용미리로 이장을 하여 함께 모셨다고 따님께 전갈을 받았다.

선생님은 미식가였으나 많이 들지는 않았다. 언젠가 신용길 선생님이 광주 전남대병원 근처에 요양을 왔을 때인지도 모르겠다. 함께 거리를 거닐고 있었는데 선생님께서 말씀하셨다, 돼지 날고기한 적 있냐고? 없다고 하자, 선생님이 어떤 식당으로 데리고 가서 난생처음 돼지고기를 날로 먹어보기도 하였다.

한번은 군산에서 벚꽃 축제가 있던 때이고 전군가도(全群街道) 길인 것 같은데 젊은 청년들이 백발이 성성하고 얼굴이 홍안인 분을 모시고 왔는데 지리산 구경 가는 길이라 했다. 이광웅 선생님은 뜻밖이라는 듯 약간 당황스러워하면서도 그러나 아주 깍듯하게 인사를 하고 안부를 여쭸다. 노인은 담담하고 간결하게 말씀하시면서 꽃이 만개한 주변을 돌아보고 지리산 쪽인지 먼 데 하늘을 아득히 바라봤다. 그리고 곧 청년들이 모시고 길을 떠났다. 이광웅 선생님은 감옥에서 그런 분들께 노래를 배웠다고 하였다. 그래서인지 그렇게 가슴 저미듯 서러우면서도 아름다운 소리를 하셨는지도 모르겠다.

발병하기 전에 선생님은 경기도 성남시 분당에 작은 아파트가 있어서 자주 서울에 나오시기도 하였다. 나오시면 주로 술을 좋아하는 윤재철 선생님과 나와 같이 자리를 하셨다. 삭힌 홍어를 잘하는 인사동 별미집 '영산강'에서 술을 한 게 선생님과 함께한 마지막 술자리이고, 선생님도 지구별에서 한 마지막 술자리였다.

병고를 치르면서 성북동에서 침술이 빼어난 한의사에게 침을 맞으러 다니기도 하셨고, 멀리 광주의 명의를 찾기도 하였으나 깊어진 병을 돌리기엔 어려웠다.

선생님은 한없이 맑고 순수한 분이었다. 웃을 때는 주변까지 환해졌다. 그런 분을 포악하고 잔인한 정권은 전사로 만들었다. 그래서 선생님을 상기하면 위태로운 벼랑 끝에 핀 붉은 패랭이꽃 한 송이 같다는 생각을 하게 된다. 한편은 서럽고 한편은 아름답다.

짧은 시간에 이광웅 선생님을 꽤 많이 만나 뵀으나 기억은 분절적이고 선후가 닿지 않는다. 선생님이 가시자, 나도 교육문예창작회를 떠나게 되었고 다음 실무는 조현설 선생이 맡게 되었다.

돌아보면 교육문예창작회와 이광웅 선생님 그리고 나, 아니 많은 회원분이 한때 더불어 다니던 도반이 아닐까 하는 생각이 든다. 경향 각지에서 모인 선생님들이 서로 소식을 주고받으며 한 시절 어울려 즐겁게 지내니 말이다.

시 두 편을 올리며 마무리하고자 한다. 한 편을 내 졸시이고, 다른 한 편은 선생님을 무던히 따랐고 또 선생님이 아끼던 김영춘 시인의 추모시다.

한 시절 우리는
모두 이광웅의 신도였다.
도현이랑 영춘이랑 송언이랑

모두 봄 햇살 같은 은혜로움 입고 살았다.

격포에서

군산에서

동대문 뒤 쌍과붓집에서

뜨겁게 연대하며

한 세상 보냈다.

그러나 신은 무정하사

우리의 작당을 질투하여

우리 교주님을 당신 곁으로 데려가셨다.

기쁘거나 슬픈 날

나는 은하계 저 켠으로

신호를 보낸다.

다음 세상

시절 인연 함께하기를

— 조성순, 「이광웅 선생님」 전문

정다운 물소리 저벅저벅 따라가면

그 사람 있습니다.

사랑은 사랑같이

분노는 분노같이

가지런히 챙겨 넣어 둔 보퉁이를 들고서

내 옷을 누가 가져갔냐고

낭낭한 노래 부르며

맑은 소년이 작은 나무같이 서 있습니다.

군산 째보선창 막걸리 집에서는

이 사람 부안 사는데 참 좋아

이 사람 이리 사는데 참 좋아

늦은 시간 우리를 기다리며

광웅이 형님이 서 있습니다.

끌려가던 소나무마다 교무실마다

4월도 안 가르치는 선생님들이 정신차려야 한다고

서릿발로 서릿발로 그 사람이 서 있습니다.

반 쪼가리 문학의 반 쪼가리 역사의 헛됨

견딜 수 없다

뒤틀린 몸으로 서 있습니다.

왜 사람의 마음이 별이 못 되냐고 서 있습니다.

이 땅의 모든 누님들을 바라보며 서 있습니다.

사랑을 하려거든 목숨 바치라고

그 사람 안 쫓겨나는 학교에 서 있습니다.

– 김영춘, 「그 사람 있습니다」 이광웅 선생님을 그리워하면서, 전문

소를 타고 내를 건너고
무명 홑이불을 덮고 갱변에서 자던

내성천(乃城川)은 경상북도 봉화군 물야면 오전리의 선달산(先達山)에서 발원하여 남서류하여 문경시 영순리에서 낙동강과 합류한다. 지금 봉화읍 자리가 전에 내성(乃城)이었고, 지척에 내성천이 흐르고 있으니 이름이 여기에서 유래한 것으로 보인다.

내성천이란 이름을 모르고 지냈다. 스물이 넘어서야 어릴 때 소풍 가던 곳이 내성천 물줄기란 것을 알게 되었다. 어릴 때는 그냥 '시느리'라고만 불렀다.

내가 나고 자란, 예천군의 북쪽에 있는 감천면은 1914년 4월 1일 일제가 군·면 통폐합 등 행정구역을 개편하기 전에는 안동부에 속했다.

나는 감천초등학교에 다녔다. 당시 봄과 가을에 소풍 가는 곳이 몇 군데 정해져 있었는데, 보물 제667호로 지정된 철조여래좌

상이 모셔져 있는 한천사(寒天寺)와 류성룡 선생이 쉬어가신 고사가 관련된 수락대(水落臺) 그리고 눈부신 백사장이 있는 내성천 아니 '시느리'가 바로 그러한 곳이다.

1) 내성천의 어릴 적 이름, 시느리

이들 세 곳은 면 소재지에서 십 리 정도의 거리에 있어서 초등학생이 걸어서 가기에는 좀 멀었다. 열 살 남짓한 어린아이가 한천사의 시커먼 쇳동가리 부처님의 깊이를 알기에는 무리였고, 바위들 틈새로 흐르며 떨어지는 물줄기의 풍치를 느끼기에는 가당찮았다. 오히려 수락대 가까이 있는 동무가 살던 물레방앗간이 기억에 남아 있다.

더욱이 걷다가 다리가 아파서 조자앉아 쉬면서 갔다가 돌아오는 내성천 변은 짜증나는 곳이었다. 소나무 숲에서 보물찾기하는 것도, 아득히 너른 모래사장에서 달리기하는 것도, 물이 출렁출렁 시원하게 흐르지 못하고 모래밭 위를 남실남실 흐르는 것도 못마땅했다.

세상의 강은 다 내성천같이 모래가 쌓여 흐르는 줄로만 알았다. '시느리'는 보통명사이자 고유명사이다. 신라 혹은 고구려 때 언어 '느리'나 '나리'가 내로 변천하기 전 부르던 이름 그대로 천년도 넘게 유전하고 있는 것이다. 어쩌면 고구려도 '시느리'라고 불렀는지 모르겠다. 고구려의 아도화상이 신라에 불교를 전하고 돌아오는 길에 지었다는 도리사(桃李寺)가 구미 태조산(太祖山) 자락에 있는 걸 보면 시느리는 오랫동안 고구려 땅이었다. 고구려도 시느리라고 불렀을 가능성이 있다. '시느리 마을'은 지금도 있다. 시골에 사는 분들은 시느리를 그냥 물이라고 불렀고, 물을 건너다니기 좋은 목지가 있는 마을 이름은 '물 건너'가 되었다.

머리에 먹물이 조금씩 들어가고 세상 이곳저곳을 다니다 보니 '시느리 갱변'이 다른 데에는 없는 곳이란 것을 알게 되었다. 어릴 때 짜증나게 느껴졌던 '몰개밭'(시골 사람들은 지금도 모래밭이라고 안 하고 이렇게 부른다)이 다른 지역에서는 볼 수 없는 곳이란 걸 알게 되었다. '몰개'는 '모래'의 옛말로 앞말의 받침 ㄹ(리을) 뒤에서 ㄱ(기역)이 탈락하기 전 모습이다. 그리고 보면 경상도 특히 경상북도 북부 지역에는 옛말의 흔적이 많이 남아 있다. 어린 시절에 대장간을 성냥간이라 불렀다. 「관동별곡」에 '공수의 성녕인가 귀부로 다다만가'가 나오는데 바로 그 성녕이 성냥이다.

시느리가 아름답고 청정해서 여름날 휴가를 받으면 다른 곳에 가지 않고 학가산 자락 아래 시느리에서 놀았다. 나이가 들면서 좋은 게 뭔지, 아름다운 게 어떤 건지 조금씩 알게 되었다. 어릴 적 일화 한 자락을 소개한다.

2) 할아버지는 소의 꼬리 잡고, 손자는 황소 뿔 잡고

내가 초등학교에 들어가기 전에 할아버지는 나를 앞세우고 이십 리도 넘는 길을 걸어 숙모님 친정으로 소를 빌리러 간 적이 있었다. 할아버지와 나는 50년 차이가 나는데, 어린 나를 이렇게 데리고 다닌 까닭은 장자인 아버지가 폐결핵으로 어려운 처지에 있었고 그러다가 집안의 장손인 내가 태어나자 어여삐 여겨 나들이 때마다 데리고 다녔다. 한번 화가 나면 천둥벼락이 치듯 무서운 분이었는데 동네 사람들이 뒤에서 수군거려도 모르는 척하고 입에 웃음을 달고서 나를 데리고 다녔다.

할아버지는 나를 커다란 황소 등에 태우고 당신은 고삐를 잡으셨다. 우리 집과 숙모님 친정집 사이에 내성천이 있는데, 소를 빌려올 때는 얕은 물이어서 건너기 쉬웠는데 소를 다 쓰고 돌려주러 갈 때는 물이 불어나 난감한 적이 있었다. 할아버지는 나를 소 등에 올리고 잠방이를 걷어붙이고 강을 건넜다.

내성천은 모래강이라 소가 건너다가 쑥쑥 빠지기도 했다. 소는 깊은 물도 잘 헤엄쳤다. 할아버지는 어떻게 강을 건넜을까? 소의 꼬리를 잡고 건넜다. 그런데 강을 건넜을 때 나는 소등에서 미끄러져 양손으로 뿔을 잡고 소의 목에 걸터앉아 있게 되었다. 지금 생각하면 웃음이 나지만 당시는 심각한 상황이었다. 그걸 본 할아버지는 사색이 되었다. 혹시 뿔이 잡힌 황소가 성이 나서 목을 휘저어 나를 멀리 던져버릴까봐서다. 다행히 소는 순하게 가만히 있었다. 굳은 표정의 할아버지는 조심스레 소한테 와서 목을 긁으며 나를 안아 내려주었다. 그리고 휴우~ 하고 안도의 숨을 내쉬었다. 반세기도 전 이야기이다.

여름에도

눈이
내렸다.

그믐이면
은핫물이 기울어

그런 밤이면
사람들은
무명 홑이불을 들고
모래 갱변으로 나가서
물을 맞았다.

아무개 집 딸 혼사가 다가오는데
누구는 감주를 빚고, 누구는 배추전을 부치고
물 건너 뉘 집 아들 코로나 백신을 개발하여
온 세상이 마스크 감옥 벗어나게 되었다고
개성공단이 다시 돌아가는 이야기며
금강산 만물상을 다녀온 텃골 김 씨는 이젠 죽어도 원이 없다고

홑이불엔 은핫물이 넘실거리고
모래사장엔 사람살이 이야기가 달맞이꽃으로 피었다.

물길 막은 영주댐

허물고

길을 여니

자갈로 굳었던 땅에

검푸른 수초들 사라지고

모래가 다시 흘러

왕버들 늘비한 물 섶에는

버들치 모래무지 은어 떼 소곤거리고

장어가 먼바다 이야기를 데리고 오셨다.

뚝방 위

금줄 두른 둥구나무

사람들 소망을 품었다가

물고기도

새도

잠든 깊은 밤

은핫물에 띄워 올리고

그곳에는

여름에도

눈이

내린다.

한낮 땡볕에도 녹지 않고
모래밭에서 하얗게 빛난다.
 - 조성순, 「내성천」 전문

3) 외갓집 앞을 흐르던 내성천

위 졸시는 내가 끄적거린 것으로 내성천이 선사한 것이다. 어릴 적 외가 동네에서 경험한 것을 형상화한 것이다. 추억에다가 당면하고 있는 문제나 희망을 조금 버무렸다.

외가 동네는 내가 사는 곳에서 이십 리 정도 떨어진 예천군 보문면 무근열마을로, 150여 호가 사는 경주 이씨 집성촌이다. 외사촌들은 한참 차이가 나는 형님들부터 비슷한 또래들까지 많아서 방학 때면 외가에 자주 가서 놀다 오곤 했다. 마을 앞을 내성천이 흐르고 있다. 큰물이 나면 외갓집 처마 밑 마루까지 물이 넘실거렸단다.

겨울이면 물가에 가서 얼음을 깨고 세수를 하고 오기도 하고, 여름이면 냇물에서 동네 아이들과 물놀이를 하며 지냈다. 특이한 것은 무더운 밤이면 사람들은 삼베나 무명 홑이불을 들고 갱변(강변의 방언)에 나가서 밤을 보냈다. 어른들은 두런두런 집안의 대소사를 의논하고, 아이들은 모여서 노래를 부르다가 하늘의 은하수를 보며 잠들기도 했다. 월남에 가서 참전하고 돌아온 외사촌 형님 이야기를 들으며 멀리 있는 나라를 상상해보기도 했다. 마을 어귀엔 금줄을 두른 당산나무가 있어 사람들이 멀리 길을 가거나 집안에 일이 있으면 치성을 드리기도 했다.

4) 모래밭을 걷고, 고기도 잡던 강

뜨거운 모래밭을 맨발로 걸어본 적 있는가? 여름날 뙤약볕에 쬔 뜨끈뜨끈한 모래밭을 걸으면 겨울에 감기에 잘 안 걸린단다. 간호사인 여동생이 알려준 건데 그 이유는 잘 모르겠다. 뜨겁게 단 모래밭은 걷기 힘들다. 생각해보니 '감기를 막고 쫓는 뜨거운 모래밭 걷기 체험'을 관광 상품화해도 괜찮을 듯하다. 어쨌든 내성천만큼 모래가 풍부한 곳은 대한민국, 아니 지구촌 어디를 가도 없다.

외사촌들과 반도를 들고 나가 내성천에서 고기를 잡기도 했다. 한번은 큰 장어를 잡아서 외사촌 형님 입이 귀에 걸렸는데 나는 뱀이라고 먹지 못했던 적이 있다. 두메산골에 살아서 뱀장어를 본 적이 없었다. 팔뚝만 하게 큰 놈이 뱀이라고만 생각했다. 그때는 외사촌 형님이 뱀을 잡아서 나를 놀리는 줄로만 알았다.

겨울에는 형님을 따라 내성천을 건너 호골이란 깊은 계곡으로 땔나무하러 가기도 했는데, 누렇게 빛바랜 푸나무더미에 누워서 바라보던 파란 하늘 매운 바람결은 지금도 나를 스치는 듯하다.

여름에 물이 적을 때는 외나무다리로 내성천을 걸어서 다녔고, 비가 와서 물이 불으면 배를 띄우는데 긴 삿대로 강바닥을 밀면서 건너다녔다.

지금은 근처에 큰 골프장이 생겼다고 하는데 외가 동네는 어떻게 변했는지 궁금하다. 어릴 적 모습이 변한 것 모양 내성천도 조금은 변했을 거다.

사람이란 욕심쟁이여서 자신은 변하더라도 자신과 관련된 추억은 변하지 않기를 바란다. 나도 그렇다. 소를 타고 내를 건너고, 무명 홑이불을 덮고 갱변에서 자던 풍광이 옛 모습 그대로이기를 바란다. 내성천은 지금 사는 사람들의 것만 아니라 후손들의 것이기도 하다.

한국 소설 문학의
불우한 천재 임춘(林椿)

서하(西河) 임춘(林椿)은 고려 말 의종 때 사람으로 개경에서 났으나 유락하다가 뜻을 펴지 못하고 불우하게 생을 마쳤다. 경상북도 예천군에 있는 학가산 자락, 지금의 보문면 기곡리 주변에 그 후손들이 세거하고 있다.

임춘은 고시(古詩), 절구(絕句), 율시(律詩) 등 시부(詩賦) 여러 편과 계(啓), 서(書), 기(記), 전(傳), 서(序) 등 다양한 형식의 산문을 남기고 있다. 가전체 형식으로 술을 의인화한 『국순전(麴醇傳)』과 돈을 의인화한 『공방전(孔方傳)』은 학교 교육을 통해 우리에게 알려져 있다. 특히 『국순전』은 가전체 형식의 효시로, 소설 문학이 들어와 융성한 조선 후기 이전에 나온 서사(敍事)로 이미 훌륭한 소설의 틀을 지니고 있다. 곧 한국 소설 문학의 남상(濫觴)이요 시원(始原)이라 할 수 있다.

임춘은 예천 임씨의 시조로, 그를 기려 세운 옥천서원(玉川書院)이 예천군 감천면 덕율리에 있다. 원래 보문면 옥천에 있었으나 대원군의 서원 철폐령으로 훼철된 후 1989년 지금의 덕율리로 이건(移建)하였다. 임춘을 돌아보아 그의 문덕(文德)을 기리고 현창(顯彰)할 수 있는 기회가 오기를 바란다.

1) 구(舊) 귀족사회의 일원, 무신정권 하의 불우한 천재

임춘은 생몰연대가 자세하지 않다. 다만 고려 중기의 문신 이인로(李仁老)의 『파한집(破閑集)』 발문(跋文)에 "날마다 서하(西河) 기지(耆之:임춘의 자(字))와 복양(濮陽) 오세재(吳世材) 무리와 더불어 금란(金蘭)의 사귐을 약속하고 꽃피는 아침, 달이 뜨는 저녁이면 같이 지내지 않은 적이 없으므로 세상에서 죽림고회(竹林高會)라 했다"는 기록이 있는 것으로 보아 같은 시대의 사람으로 짐작할 뿐이다. 임춘이 돌아가고 난 뒤 그의 벗 이인로가 임춘이 남긴 글을 모아 『서하집(西河集)』을 묶을 때 서문에서 "의종 말년에 집안에 화를 입을 때"란 구절이 있는 것으로 보아 당시 사람으로 보는 게 무리가 없을 것이다.

임춘은 고려 건국 공신의 후예로 평장사(平章事)를 지낸 조부 임중간(林仲幹)과 상서(尙書)를 지낸 아버지 임광비(林光庇) 그리고 한림원 학사를 지낸 백부(伯父) 임종비(林宗庇) 등으로 이어지는 구(舊) 귀족사회의 일원으로 교양을 닦았다. 그러나 의종 말년 임춘이 스물 무렵, 무신정권의 난으로 집안이 풍비박산이 날 때 겨우

홀몸으로 남쪽으로 피신하여 목숨을 구하였다. 후일 개경으로 돌아가 몸을 세우고 이름을 떨치고자 하였으나 조상 대대로 공신에게 유전하던 공음전(功蔭田)까지 환수당한 상황이었다. 이런 처지에서 등과는 요원할 수밖에 없었을 것이다. 그는 개경에 5년여간 은신하다가 결국 가족을 이끌고 영남지방(상주 개령)으로 피신을 하게 된다. 이런 기간이 대략 7년여였으니 그 신산함은 짐작할 수 없겠다.

임춘이 몰(歿)한 때는 서른 살과 삼십 후반 두 가지 설이 있으나 여기서는 그것이 중요하지 않아 굳이 따져 살피지 않고자 한다. 다만 임춘 나이 스물에 무신정권의 난이 일어나 어려움을 겪자 홀로 피신하였고, 영락하여 떠돌아다니다가 개경에 돌아와서 입신하고자 머문 시기가 5년 정도이고, 영남지방으로 유락한 기간이 7년 남짓한 것으로 보아 돌아간 때가 대략 삼십 후반이 타당할 것으로 추정된다.

임춘이 바라 마지않던 급제 후 환로(宦路) 진출은 자손들에게 와서야 이루어졌다. 아들 충세(忠世)는 진사(進士), 경세(敬世)는 찬성(贊成), 정세(整世)는 판서(判書)를 지내는 등 다시 가문을 일으키게 되었다.

2) 불우한 처지의 개탄과 시적 자긍 – 임춘의 시부(詩賦)

임춘은 시부(詩賦)와 계(啓), 서(書), 기(記) 전(傳), 서(序) 등 여러 형식의 글을 능숙하게 다루는 문인이었다. 조선 후기의 문인 성호(星湖) 이익(李瀷)은 임춘의 시부를 『성호사설(星湖僿説)』에서 "기격이 그다지 고상하지 못하고 말의 꾸밈도 그다지 치밀하지 못하니, 한때의 시인에 지나지 않았을 뿐 영원히 전할 불후(不朽)의 작품은 아니다"라고 아쉬워했으나, 임춘과 같은 시대를 살았던 이인로는 달랐다. 특히 임춘의 시부에 대해 이인로는 『서하집』 서(序)에서 "시문은 해동(海東)에서 포의(布衣)로서 세상에 우뚝한 자는 이 한 사람뿐이었다"고 높이 평가하였다.

찾아준 데 감사하며

장맛비 뒤의 장안(長安)에
나를 생각해 멀리 찾아왔구려
적막한 달팽이집 앞에
머문 사마(駟馬) 수레
항상 굶주리는 가난한 두자미(杜子美)
병 아닌 것으로 늙어가는 유마거사(維摩居士)
문간에 이름 적지 말고 가소
세상에 이 내 명성(名聲) 더욱 날까 두렵네

謝見訪

長安霖雨後

思我遠相過

寂寞蝸牛舍

徘徊駟馬去

恒飢窮子美

非病老維摩

莫署吾門去

聲名恐更多

벗에게 부치다

10년 동안 떠돌면서 살림을 떠맡고

간 곳마다 어찌 경치를 감당하리

봄바람 가을 달에 시는 준비되었고

나그네 시름 답답함은 술로 삭이며

천 년에 전할 만한 공업은 없을망정

도리어 문장은 일가를 이루었구나.

성세에 한가함 누림도 달리 나쁘지 않으니

실패를 전전해도 형편대로 살려네

寄友人

十年流落負生涯

觸處那堪感物華

秋月春風詩准備

旅愁羈思酒消磨

縱無功業傳千古

還有文章自一家

盛世偸閑殊不惡

從敎身世轉差跌

　전편은 궁벽한 곳을 네 필 말이 끄는 수레를 몰고 찾아준 벼슬
아치에게 대한 심회를 읊고 있다. 두자미(杜子美)는 시성(詩聖) 두보
(杜甫)로 그의 자(字)가 자미(子美)다. 유마거사(維摩居士)는 왕유(王維)
다. 왕유(王維)의 이름은 유(維)이고 자(字)는 마힐(摩詰)인데 유마경
(維摩經)에 나오는 거사(居士) 유마(維摩)에서 비롯되었다. 자미나 유
마거사는 다 중국 당나라 시대의 빼어난 시인들을 가리키나, 실
은 화자를 대유적으로 표현한 말이다. 높은 벼슬을 하는 아무개
가 찾았더라 하면 자신의 이름이 날까 저어한다 하였으나 실은 자
신의 자부심을 말한 것이다.

　후편에서 화자는 떠돌이 생활 10여 년에 생활을 책임지지 못
해 아름다운 경치를 만나도 즐기지 못했음을 말하고, 그래도 자
연을 벗 삼아 시부를 읊조리고 자신의 불우함을 술로 달랬음을 표
현했다. 나라에 공을 세워 길이 이름을 남기지 못했을지라도 글
로 명성을 날렸음을 토로하고 있으니 화자의 헛헛한 마음을 읽을

수 있다. 그래서 벼슬길에 올라 바쁘게 살지 않은 것도 나쁘지 않다고 하며 형편 따라 살겠다고 자신을 위로하고 있다.

모수자천(毛遂自薦)이라 했던가. 주머니 속의 송곳은 밖으로 삐져나올 수밖에 없고 빼어난 인재는 세상에 드러날 수밖에 없다. 그런데 임춘은 무신정권 하에서 시쳇말로 블랙리스트 명단에 들어 환로(宦路)에 올라 자신의 뜻을 펼칠 수 없었다. 이런 답답한 처지의 그의 일화가 『파한집』에 있다.

임춘이 남쪽으로 피해간 지 거의 10여 년 만에 병든 아내를 데리고 서울로 돌아왔으나 송곳을 꽂을 만한 땅도 없어서 우연히 한 절에서 지내게 되었다. 선비가 쓰는 복건을 벗어버리고 오도카니 앉아서 길게 휘파람을 불고 있으니 "그대는 어떤 사람인데 방자하고 오만하기가 이 정도요?" 하고 중이 물었다. 그래서 28자를 써서 답했다.

일찍이 문장으로 서울을 진동시킨
이 세상의 한낱 늙은 서생(書生)이라오
이제야 공문(空門)의 맛을 알 듯한데
온 절에 내 이름을 아는 이가 없구려

28자이니 칠언절구(七言絕句)를 말함이다. 내용은 그대로 핍진하다. 무신정권 아래 눈 밖에 난 블랙리스트에 오른 사람이었으니 과거를 봐도 뽑힐 수 없었고, 그나마 대대로 유전하던 공음전마저 탈취당했으니 가난은 극에 달했을 것이다. 지니고 있는 재주나 뜻을 펼칠 수 있는 길은 요원하였다. 이런 처지의 임춘의 시부에 대해 성호 이익으로서는 약간의 불만이 있을 수 있겠다. 그러나 임춘이 처했던 당시를 상기한다면 그의 시부에 드러난 정서를 십분 이해할 수 있을 것이다.

3) 한국 소설 문학의 남상(濫觴), 『국순전』과 『공방전』

다산 정약용은 강진에서 19년 동안 유배생활을 했다. 당연히 벼슬길에 나아가 정사를 베풀 수 없었다. 『목민심서(牧民心書)』를 써서 목민관(牧民官)의 할 일을 말할 수밖에 없었다. 심서(心書)란 직접 정사를 돌보지 못하니 생각한 바를 표현한 것이다.

임춘도 마찬가지였다. 재주는 등과하여 현달할 수 있었으나 무신정권 아래에서 그는 뜻을 펼 수 없었다. 그는 당시 유행하던 전(傳) 형식을 빌려 자신의 생각을 피력한 것이다. 사물을 의인화하였다 하나 구성이 치밀하고 전개는 이미 소설의 흐름을 갖고 있다. 이 작품들은 인간 생활에서 가장 가까이 있는 술과 돈을 의인화하여 자신이 생각하고 있던 물화의 장단과 폐해를 보여준 것이다. 사물을 의인화하게 되면서 실제 존재한 인물의 전기를 기록하는 방법을 좇아 서술했다.

인간 생활에서 가장 밀접한 관계에 있는 술과 돈의 기능과 그 역기능을 역사적 역정을 더듬어가면서 기술하였다. 특히 국정을 담당하는 임금과 신하의 관계에 초점을 맞추었고, 술과 돈을 모두 신하의 입장으로 설정한 것이 주목할 만하다. 곧 선비의 삶이란 근본적으로 몸을 세워 도를 행하는 것이 주요한 목적이므로 벼슬길에 나아간다는 것은 신하로서 임금을 잘 보필하여 뜻한 바를 바르게 실현하는 것을 전제한 작품구도로 이해된다.

물화를 정신보다 높은 곳에 두는 것이 현대인의 일상이고 가치라면 임춘이 통찰한 재화의 향방이 오늘날과 다르지 않다는 것을 일찍이 『국순전』과 『공방전』으로 역설했으니 놀라울 따름이다. 『국순전』은 술을 의인화하여 교훈적으로 풍자한 작품이다. 줄거리는 다음과 같다.

순(醇:진한 술)의 90대 조 모(牟:보리)가 후직(后稷:농업)을 도와 공(功)이 있었다. … 방아와 절구 사이에서 교분(交分)을 정하고 빛에 화(和)하며 티끌과 같이하게 되니, 훈훈하게 찌는 기운이 스며들어서 온자한 맛이 있었다. 맑은 덕으로써 들리니 위에서 그 집에 정문(旌門) 표하였다. 임금을 좇아 원구(圓丘)에 제사한 공(功)으로 중산후(中山侯)에 봉(封)하고 성(姓)을 국 씨(麴氏)라 하였다. 사직을 제 책임으로 삼아 태평 얼큰한 성대(盛代)를 이루었다.

순(醇)의 기국과 도량(度量)이 크고 깊어 출렁대고 넘실거림이 만경(萬頃)의 물과 같아 맑혀도 맑지 않고 뒤흔들어도 흐리지 않으며 자못 기운을 사람에게 더해줬다. 그리하여 그 향기로운 이름을 맛보는 자는 모두 그를 흠모하여 "국(麴) 처사(處士)가 없으면

즐겁지 않다" 하였다. … 곤드레만드레 취하여 정사를 폐하고 돈
을 거둬들여 재산 모으기를 좋아했다. … 갑자기 병들어 죽으니
자식은 없고 족제(族弟) 청(淸)이 뒤에 벼슬을 하여 내공봉(內供奉)
에 이르렀고 자손이 다시 번성하였다.

『공방전』의 공방(孔方)이란 엽전에 뚫린 네모난 구멍을 가리키
는 말로서 이는 동양적 세계관인 하늘은 둥글고 땅은 네모나다는
천원지방(天圓地方)을 상징한 것이다. 이 글은 엽전을 의인화한 우
화이다.

공방(孔方)의 자(字)는 관지(貫之)요, 그 조상은 수양산(首陽山)에 숨
어 살면서 세상에 나온 일이 없었다. 아버지 천(泉)이 주(周)나라
재상으로 부세(賦稅)를 맡았고, 방(方)의 위인이 밖은 둥글고 안은
모나며 때에 따라 응변(應變)을 잘하여 높은 벼슬을 했다.

방(方)은 성질이 욕심이 많고 더러워 염치가 없었는데 재물과 씀
씀이를 도맡게 되니 본전 이자(利子)의 경중(輕重)을 다는[秤] 법을
좋아하여 나라를 편하게 하는 것은 생산(生産)의 술(術)에만 있는
게 아니라 하여 백성과 더불어 분리(分厘)의 이(利)라도 다투고 물
건값을 낮추어 곡식을 천하게 하고 화(貨)를 중(重)하게 하여 백
성으로 하여 근본[농업]을 버리고 끝[상업]을 좇게 하여 농사에 방
해를 끼쳐 간관들이 상소(上疏)하여 논(論)했으나 위에서 듣지 않
았다.

방(方)은 재치 있게 권귀(權貴)를 잘 섬겨 그 문(門)에 드나들며 권
세를 부리고 벼슬을 팔아 올리고 내침이 그 손바닥에 있으므로
공경(公卿)들이 많이 절개를 굽혀 섬겼다. 방(方)은 사람을 접하고
인물을 대함에도 어질고 불초(不肖)함을 묻지 않고 비록 시정(市
井)의 사람이라도 재물만 많이 가진 자면 다 함께 사귀고 통하니
이른바 시정의 사귐이란 것이다. … 방(方)의 아들 윤(輪)은 경박
하여 세상의 욕을 먹었고, 뒤에 수형령(水衡令)이 되었으나 장물
죄(贓物罪)가 드러나 사형되었다.

이와 같이 임춘은 인간 생활에 가장 근접한 술과 돈을 다루어
그 장단과 폐해를 다루었다. 과연 지난날은 오늘의 거울이란 말
이 지나친 게 아니다.

4) 죽림고회와 임춘의 현실 인식

죽림고회(竹林高會)는 그 구성원이 이인로, 오세재, 임춘, 조통
(粗通), 황보항(皇甫抗), 함순(咸淳), 이담지(李湛之) 등 7인이다. 이들
중 이인로가 그 맹주(盟主) 격이었고, 임춘과 오세재가 중심인물이
었다. 명칭은 칠현(七賢), 칠현회(七賢會), 죽하회(竹下會), 죽림회(竹
林會) 등으로 불렸는데 '나이를 잊은 벗(忘年友)'을 맺어 시와 술로
서로 즐겼으므로 당시에 강좌칠현(江左七賢)으로 비(比)하였다.

보통 이들은 무신정권 하에서 세상을 등진 은둔지사로 불리며
살았다고 일컬어지나 실상은 그러하지 않았다. 죽림고회를 고답

적인 도피나 은둔자 그룹으로 오해하게 된 까닭은 다분히 명칭에서 비롯된 것으로 보이나 실은 이들은 무신정권의 압제 아래에서 선비의 체모와 도리를 지키고자 분투하였다. 단순히 현실을 도피하고자 세상을 등진 은둔자들이 아니었다. 이들 일곱 가운데 이인로, 오세재, 황보항, 이담지 등이 무신정권 하에서 과거에 올라 벼슬길에 나아갔으니, 이들이 세상을 등지고 자신의 고요를 지켰다는 말은 온당하지 않다.

이들은 구(舊) 귀족사회의 일원이었다. 무신정권이 말단에 이르기까지 무신을 쓴다는 게 초기의 취지였으나 무신만으로 정권의 기틀을 유지하긴 어려웠으므로 자신들과 조화를 이룰 문신이 필요하게 되었다. 당연히 구 귀족사회의 일원을 회유하거나 포용의 일환으로 수용하게 되었고, 한편으로는 새로운 문인들이 필요하게 되었는데 이규보(李奎報)와 진화(陳澕) 등이 바로 그들이었다. 이들 신흥사대부와 대척에 있는 인물군이 죽림고회였고, 그 중심에 이인로를 비롯한 임춘 등이 있었다. 그러니 죽림고회는 세상을 등지고 자신의 뜻을 지킨 인물들이 아니라 중앙정계의 화해와 포용 아래 선비의 위치를 지키고자 한 사람들이었다. 이들을 단순히 정권과의 불화로 세상을 등진 은둔처사로 봐서는 아니될 것이다.

죽림고회 일원 중 여럿이 과거에 급제하여 벼슬길에 나아갔으나 임춘은 그러하지 못했다. 가문의 문명에 대한 자부심이 컸고, 그 자신 역시 문장을 통해 입신하려는 뜻이 매몰될 것을 안타깝게 여겨 마침내 그는 당시의 집권자들에게 자천(自薦)의 글을 여러 차례 올리기까지 하면서 벼슬길에 나아가기를 추구하기도 했다. 그러나 그러한 행위는 무위로 돌아갔고, 과거에도 실패하여 끝내 발탁되지 못했다.

> 구원하여 버림이 없고 오직 용서하되 이에 공도(公道)로 하여서 임금님께 상주(上奏)하여서 연곡(輦轂: 궁궐)에 불러 돌아오게 하여서, 거의 보검이 충천하는 기세가 길게 두우(斗牛)에 닿을 것을 보게 하고 … 다시 더 선발(選拔)하여 시종(始終)토록 해주시면 힘을 헤아려 달리고 사람을 알아주는 감식(鑑識)에 누를 끼침이 없으며 몸을 부시어 가루가 되기를 맹세하여서 절개를 나타내는 기약을 삼겠습니다.
>
> – 상모관계(上某官啓)에서 발췌

이렇듯 임춘은 불우를 다한 삶을 이어가면서도 자신을 포기하지 않고 자천(自薦)을 하거나 과거에 응시하여 벼슬길에 나아가길 부단히 노력하였던 사람이었다.

5) 신이한 부활, 『서하집』의 도래

『서하집』은 임춘이 돌아간 뒤 20년이 지나 임춘이 남긴 글을 모아 이인로가 6권으로 묶어 전해오다가 어느 때인지 일실(逸失)되었다. 이름만 전해오다가 조선 중종 때 와서야 신이하게 다시 세상에 모습을 보이게 된다. 이익은 『성호사설』에서 저간의 사정을 전하고 있다.

> 청도(清道) 운문사(雲門寺) 중 인담(印淡)이 꿈에 한 도사를 만났다. 도사가 말하기를 한 곳을 가리키며 "여기를 파면 세상에 기이한 보물을 얻을 수 있을 것이다" 하니 인담이 깨어나 꿈에 중이 말한 곳을 파자 구리로 된 탑이 나오고 그 탑 속에 구리로 만든 항아리가 있는데 거기에서 『서하집(西河集)』을 얻게 되었다. 탑에 글자가 새겨져 있었는데 『서하집』을 소장한 주인이 담인(淡印)이라 하였다.
>
> 원 소장자는 승려 담인(淡印)이요 꿈을 꾼 중이 인담(印淡)이니 세상에는 눈에 보이는 것만으로 확신할 수 없는 게 참으로 많다. 이러한 기이한 일은 서하(西河) 임춘(林椿)이 돌아간 지 삼백 년 정도가 지나서 일어났다. 그리하여 『서하집』은 다시 세상에 유전하게 되었다.

6) 한국 소설 문학의 성지(聖地) 옥천서원

경상북도 예천군 감천면 덕율리에 임춘 선생을 기린 옥천서원(玉川書院)이 있다. 원래 보문면 옥천에 창건되었다는데, 1667년(현종 8년) 임춘을 향사(享祀)하기 위해 옥천정사(玉川精舍)로 건립하였다. 1711년(숙종 37년) 유림에서 5동을 건립하고 반유(潘濡), 태두남(太斗南), 송복기(宋福基) 등 3현을 추배하여 4현(四賢)을 배향하여 서

원으로 승원(昇院)되었다.

1868년 대원군의 서원 철폐령에 의해 훼철(毀撤)되었던 것을 1920년 상원사 명교당을 복원하였고, 1989년 5월 현재의 자리로 이건하였다. 문중에서 전에 모시던 곳보다 교통이 편리하고 후손과 후학들이 접근하기 쉬운 곳을 물색하여 현재의 자리로 옮겨 세웠다 한다.

옥천서원은 한국 소설문학의 시원이요 남상지이다. 일본에 그들이 자랑하여 마지않는 무라사키 시키부[紫式部]의 『겐지 이야기(源氏物語)』가 있다면 우리나라에는 임춘의 『국순전』이 있고, 『공방전』이 있다. 국문학계나 안목 있는 관계자가 이곳을 소중히 여기고 임춘 선생이 뿌린 소설 문학의 씨앗이 거목으로 자라나 그 그늘에서 한국을 빛낼 소설가가 여럿 날 수 있게 하는 틀이 마련되기를 소원한다. 이를테면 임춘 선생의 향사(享祀)를 지내는 음력 3월 중정(中丁)을 축일로 잡아 전국 단위의 백일장 개최, 국문학 학술대회 등을 열어 장래 시인 소설가들의 꿈을 현실화시켜주는 사업 등도 있을 것이다. 임춘을 부각하고 이곳을 소설 문학의 성지(聖地)로 현창하는 일은 사업관계자의 몫일 터이다.

옥천서원에 있던 『서하집』 책판 등은 문중에서 관리하기 어려워 안동댐 부근 한국국학진흥원에 기탁하여 보전하고 있다. 임춘 관련 책판은 마구리가 마모되어 없는 것은 국학진흥원에서 수리를 했으며, 책판은 다른 목판(64,220책판)들과 함께 유네스코 세계기록문화유산으로 등재되어 있다. 국학진흥원에서 보관하고 있는

『서하집』 책판은 전체 101장 중 98장으로 3장은 결락 상태이다. 현재 보관하고 있는 책판은 후손 임재무(林再茂)가 주관하여 판각한 1713년(숙종 39년) 중간본이다.

하늘이 내린 소리
통명농요(通明農謠) 보유자 이상휴 선생

1)

"아부레이 수나 한 톨 종자 싹이 나서 만곱쟁이 열매 맺는 신기로운 이 농사는 하늘 땅에 조화로데이 에헤 모야모야 노랑모야 니 언제 커서 열매 맺힐래 이 달 가고 새달 커서 칠팔월에 열매나 맺지 아부레이 수나 이이도오 수여."

농사짓는 일을 소중하게 여기고 농부의 소명을 다하고자 하는 노랫말, 언제 들어도 좋아 가던 걸음을 멈추고 귀를 기울이게 하는 소리! 예천 '통명농요(通明農謠)'는 경상북도 예천군 예천읍 통명리(通明里)에 전승되고 있는 토속 민요로 1979년 제20회 전국민속경연대회에 출연하여 최고상인 대통령상을 수상했다. 1981년 11월 경상북도 무형유산 제5호로 지정되었고, 1985년 12월 1일 중요무형유산 제84-2호로 지정되었다. 보유자로는 이대봉 선생이 계셨으나 작고하셨고, 현재 통명농요 선소리 보유자는 이상휴 선생이 계시다.

언제부터 통명농요가 불렸는지 발생 연대는 알 수 없으나, 오랜 역사를 가지고 있다고 보고 있다. 농악의 발달은 예전에 역마(驛馬)를 갈아타던 통명역이 있어서 역사(驛舍)에서 굿을 했다고 하니 관계가 있는 것으로 믿어진다. 농요는 구전된 바에 의하면 18세기 후반의 오만석(吳萬石), 안응영(安應永) 같은 이가 소리를 잘하여 현재까지 전승된 것으로 보인다.

이상휴 선생을 뵈러 가는 날은 더웠다. 매미 소리는 높고 나무 그늘은 나그네를 기다렸다. 내가 예천에 와서 가장 먼저 뵙고 싶었던 분이 이상휴 선생이다. 젊은 날 한 번 듣고 나서 셀 수 없이 듣던 소리를 부른 분이 바로 이상휴 선생이시다. 마침 통명농요 전수회에서 중쇠를 하는 이가 외사촌 형님이라 말씀을 드렸더니 자리가 이루어졌다.

선생 댁은 통명 마을 들머리에 있다. 슬레이트로 지붕을 한 집은 낮고 단아했다. 매일 자전거로 복지회관에 나가 놀다가 오신단다. 사진으로 보던 바와 달리 체구가 조금 왜소했으나 표정이 밝고 근력이 좋아 보였다.

2)

통명은 예천 읍내에서 동쪽으로 육칠 리쯤 떨어진 곳에 있다. 예천에서 동남쪽으로 안동 가는 큰길에 접어들면 바로 통명리에 이른다.

예로부터 열두 통명이라 했다. 골짜기마다 작은 마을이 있어서 그렇게 불렸다 한다. 마을이 구릉성 산지로 둘러싸여 있고, 보문 가는 길을 따라 웃마와 아랫마로 나뉘어진다. 전에는 항개골, 막죽, 산실, 천두골, 땅골, 신드리, 돌고개, 절골, 감나무골, 덕마, 노티기, 고실바위, 새재이 등 스물 정도의 마을이 거리를 두어가며 산재해 있었으나 없어지고 지금은 동쪽마, 골마, 새골, 윤천못티이, 항개골, 노티기가 자연부락을 이루고 있다. 전에는 200여 호가 있었다고 하나 지금은 100여 호 남짓하다. 웃마와 아랫마에서 두루 농요를 불렀겠으나, 지금 농요를 부르는 곳은 큰길 남쪽 아랫마을이다.

통명은 고려 때에는 상주도(尙州道) 소속의 역(驛)이 있었다(『高麗史』兵誌 站驛條에 尙州道 通明은 甫州 東七里로 나와 있다). 역은 오늘날에는 철도역으로 축소가 되었지만, 전에는 역마를 갈아타는 곳이었다. 인마(人馬)와 마차(馬車)가 머무는 여관과 차고(車庫)의 구실도 하였으며 통신을 전달하는 수단으로 이용되었다. 중앙 관아의 공문을 지방 관아에 전달하고, 벼슬아치의 여행과 부임 때나 여행에 마필(馬匹)을 공급했다. 사람들의 왕래가 잦으니 장인들이 놋그릇, 갓, 소반 등을 생산하여 필요한 사람에게 공급했을 것이다.

통명은 1937년 예천면이 예천읍으로 승격됨에 따라 예천읍에 속하게 됐으며, 1988년 동(洞)이 리(里)로 변경됨에 통명리가 되었다. 마을의 동쪽 산인 천지봉(天地峰)에서 남쪽으로 뻗은 줄기가 월

(月) 자 모양이고, 마을 서쪽 맞은편 새골 뒷산을 중심으로 남쪽으로 뻗은 줄기가 일(日) 자 모양이라 둘이 합쳐져서 명(明) 자가 되었다 한다. 동네 가운데로 냇물이 흘러 통하기에 통(通) 자를 붙여 통명이 되었다고 전해진다.

그런데 미심쩍고 자연스럽지는 못하다. 마을 이름이나 땅 이름은 생김새나 유래를 따랐으나 뜻이 아니고 소리를 좇았다. 시간이 흐르면 유래를 알 수 있던 아름다운 마을 이름들이 사라지게 될 게다. 통명은 한자어가 겨레말을 잠식한 것으로 보인다.

1914년 일제가 행정구역을 통폐합하면서 고유한 지명들이 많이 사라졌다. 한 예를 보면 서울의 반포(盤浦)는 '서릿개'였고, 여의도(汝矣島)는 '너벌섬'이었다. 반포는 마을로 흐르는 개울이 서리서리 굽이쳐 흐른다고 부르던 이두식 표기로, 한자의 뜻을 소리로 표기한 것이다. 반(盤)은 새끼줄이나 국수사리 따위를 빙빙 돌려 놓은 것 모양 둘러있는 것을 의미하는 '서리다'요, 포(浦)는 물가를 의미하는 우리말 '개'다. 여의도는 너벌섬으로 '너른 벌판에 있는 섬'이란 뜻이다. 의(矣)는 원래 의(衣)였으나 대체되었다. 옷을 세는 한 벌 두 벌을 뜻하는 의(衣)였으나 기록자가 의(矣)로 잘못 표기한 게 전승한 것으로 보인다. 아는 게 병이 된 꼴이다. 유래를 알 수 있는 아름다운 우리말 땅이름이 한자어에 먹힌 사례이다.

3)
어릴 때 할아버지께 가끔 들었다. "이곳저곳 다니며 들어봐도 통명 사람들만큼 소리 잘하는 사람들은 없더라." 그런 통명은 특별한 환경일 거라고 상상을 했다. 먹고 살기 위해 떠돌다 보니 잊고 지냈다.

그러다가 우연히 〈뿌리깊은나무〉에서 나온 '팔도소리 전집' LP판을 통해 '통명 소리'를 듣게 되었다. 무엇이라 할까, 깊은 산 높디높은 나무에 걸린 다래 줄기 모양 유장하다고나 할지, 가랑잎 배가 물줄기 따라 넘실대며 세상 구경을 한다고나 할까. 한동안 통명 소리만 들었다. 크롬 테이프에 녹음을 해서 운전을 하면서 출근길을 오가며 들었다. 그렇게 여러 달 들으니 가만히 있어도 통명 소리가 귓전에 울리는 듯했다.

그 소리를 부른 주인공이 이상휴 선생이라는 걸 알게 되었다. 그분은 옥황상제 앞에서 소리 잘하는 신선인데 혹시 잘못한 게 있어서 인세에 귀양살이온 분이거니 상상하곤 했다. 두보(杜甫)의 「강남봉이구년(江南逢李九年)」에 나오는 소리의 명인 이구년을 이상휴 선생을 통해서 그려보기도 했다.

대학원 시절, 민속학을 강의하는 교수가 예천 통명농요는 프로 소리꾼이 가르쳤을 거라고 하기에 '통명 사람들보다 소리 잘하는 이들을 본 적 없다'는 할아버지 말씀을 예로 들어 그런 일은 없을 거라고 말씀을 드리기도 했다.

통명에는 한 번도 가보지 못했다. 궁금했다, 같은 예천인데도 다른 지역에는 없는 소리가 거기에는 왜 전승되고 있는지.

4)

조성순 : 선생님, 소리는 언제부터 하셨습니까?

이상휴 : 어릴 적부터 대여섯 살 때부터 했어요. 들에서 어른
들이 소리하는 게 들리면 달려가서 듣고 흉내 내곤 했어요. 초등
학교 때는 음악반장을 했어요. 노래에는 자신이 있었어요.

조성순 : 공부는 어땠습니까?

이상휴 : 초등학교를 했지요. 여섯 살에 초등학교에 입학해서
열두 살에 마쳤지요. 마치고 대창중학교에 시험을 쳐서 합격했어
요. 학교에서 세 번이나 입학하라고 통지가 왔으나 촌에서 농사
짓고 갈 형편이 못 돼서 못 갔지요. 농사짓고 저녁에는 한문 공부
하러 댕겼지요.

조성순 : 한문은 어디까지 하셨는지요?

이상휴 : 〈명심보감〉까지 했어요.

조성순 : 통명에는 전에 역이 있었지요?

이상휴 : 예. 전에 역촌이 있었어요. 있었는데 큰물이 나서 천
방이 터져서 떠내려갔어요. 떠내려간 그 자리를 논으로 해서 지
금은 농사를 짓고 있지요.

조성순 : 역촌이 있어서 농요가 발전했을까요?

이상휴 : 농요하고 관련은 없지요. 역촌은 서울 가다가 쉬어가
는 데라 해요.

조성순 : 통명농요하고 예천 아리랑은 또 다르지요?

이상휴 : 다르지요. 예천 아리랑은 산에 낭구[나무]하러 다니면

서 불렀지요. 지가 뒷산에 오르내리면서 지게 목발을 두드리면서 불렀지요. 인제 그게 유래가 돼서 예천 아리랑이 되어 알려지게 되었지요. 농요는 옛날부터 본래 노래가 있었는데 강원희 선생이 발굴해가지고 전국대회 민속경연대회에 나가게 돼가지고, 그래가지고 이름이 났지요.

조성순 : 제가 어릴 때 인켈 전축으로 〈뿌리깊은나무〉에서 나온 '팔도소리 전집'에서 선생님 소리를 들었습니다. 녹음해서 소리를 하던 때, 연세가 어떻게 되었는지요?

이상휴 : 젊었지요. 마흔도 안 됐으이.

조성순 : 선생님 청이 좋아서 많이 들었습니다. 그때 묵계월 선생, 안비취 선생 이런 분들과 같이 부르신 것 같은데요.

이상휴 : 예, 안비취 선생하고 소리를 했지요.

조성순 : 올해 연세가 얼마이신지요?

이상휴 : 아흔이지요.

조성순 : 아흔인데도 기억력도 좋으시고 참 정정하십니다, 자전거로 읍내도 다니신다고요?

이상휴 : 복지관에 늘 댕겨요. 복지관에 가서 공부도 배우고 뭐, 가르치기도 하고 그러지요.

조성순 : 여섯 살 때부터 소리를 배우고 하셨으니 팔십 년을 넘게 소리를 하셨네요.

이상휴 : 예, 오래 했지요. 가사도 없어 적어가면서 불렀지요.

조성순 : '아부레이 수나'는 무슨 뜻인가요?

이상휴 : 어부렁수이, 모 숨굴[심을] 때 사람들이 붙었다가 떨어지고 하는 걸 말하지요.

조성순 : 잠자리가 짝짓는 걸 '오브랑세이'라고 했는데 같은 뜻인가요?

이상휴 : 그래요. 파리도 그렇고, 남자 여자 둘이 쌍으로 군디[그네] 뛸 때도 어부렁수이, 다 어부렁수이지요. 만사가 어부렁수이지요.

조성순 : 가사가 있습니다. 아부레이 수나 이이도오 수여, 이도수여는 무슨 뜻인가요?

이상휴 : 일도 쉽구나. 이 일도 수월하구나.

조성순 : 가사가 전에는 사람들에게 쉽게 전달되었을 텐데, 세월이 가니 이해하기 어렵습니다.

이상휴 : 그래도, 민속경연대회에 나가면서 많이 다듬었어요.

조성순 : 도움소는 무슨 의미일까요?

이상휴 : 서로 도와가면서, 돕세.

조성순 : 더움터라고도 했습니까?

이상휴 : 더 움트라고, 전에는 더움터라고 했지요. 모 숨구고[심고] 논둑으로 나오면서 도움소를 불렀지요.

조성순 : 방애소리는 어느 때 불렀나요? 방아 찧을 때 불렀는가요?

이상휴 : 논 다 매고, 논 거진[거의] 다 매고 선낫[조금] 남았을 때 한태[함께] 사람들이 모여가지고 풀을 밟아 발로 쿵쿵 빠대면서

[밟으면서] 불렀지요.

조성순 : 에이용 소리는요?

이상휴 : 에이용은 논둑으로 나오면서.

조성순 : 방애소리는 에이용 소리보다 먼저 불렀나요?

이상휴 : 방애소리를 미리 부르고, 에이용은 논에서 논둑으로 나오면서, 방애소리는 논에서 마지막 밟고.

조성순 : 그럼, 상사되야는 언제 불렀지요?

이상휴 : 상사되야는 논매면서 참 가져오라고, 상사되야는 길게 빼거든요. 먼 데까지 4킬로미터까지 들렸대요. 참 때가 됐다고 부인들한테 참 가져오라고.

조성순 : 캥매쿵쿵은요?

이상휴 : 캥매쿵쿵은 집으로 올 적에, 한잔 먹고 쇠 두드리고, 풍물도 쳐가면서 불렀제요.

조성순 : 타작소리, 어허라 봉혜야, 봉혜소리 나거들랑 봉혜야, 왜 봉혜야이지요?

이상휴 : 나락 모다[모아]놓고 봉[봉황]이 그 안에 앉으라고, 봉이 알 놓으라고[낳으라고].

조성순 : 봉을 부르는 소리네요. 봉이 와서 알을 놓으면 풍년이 들고, 길상(좋을 조짐)이니까.

이상휴 : 그래요. 봉혜야 소리 나거들랑 챗상 챗돌 차려보세.

조성순 : 챗상과 챗돌은 뭔가요?

이상휴 : 탈곡기가 없던 시절, 돌멩이를 올려놓고 나락단 채로

탁탁 쳤지요.

조성순 : 챗돌 위에 챗상을 놓았나요?

이상휴 : 나무로 만든 게 챗상이지요. 챗상 우에[위에] 챗돌을 놓고 했지요.

조성순 : 챗상과 챗돌을 본 적이 없어서요.

이상휴 : 때리면 수북하게 끌어모아 놓고 복판에 헥시(벌려)놓고 알을 놓으라고, 봉이 알을 놓으라고, 황금알이라 했지요.

조성순 : 소리는 들었지만은 의미가 어찌 되는지를 몰랐습니다. 챗상과 챗돌도 몰랐고. 왜 봉혜야를 부르는지 몰랐는데 지금 선생님 말씀을 들으니까 이해가 됩니다.

조성순 : 아부레이수나는 모심기를 하고 부르고, 도움소는 논매기를 하고는 안 부르네요.

이상휴 : 도움소는 모 숨구고 논둑으로 나오면서 움트라고, 더 움트라고 불렀제요.

조성순 : 그럼, 에히용은 논매기를 하고 불렀네요.

이상휴 : 그래요. 방애소리를 하고 논둑으로 나오면서 불렀제요.

조성순 : 애벌매기(처음 논매기)는 손으로 했나요?

이상휴 : 호미로 했지요. 풀이 자라지 않고 많아서 호미로 풀을 매서 갈라 엎었제요.

조성순 : 그럼, 두벌매기는 어떻게 했나요?

이상휴 : 풀이 제법 자라서 손으로 했제요.

조성순 : 애벌매기를 하고 두벌매기는 며칠 사이로 했나요?

이상휴 : 아이매기(애벌매기) 하고 두벌매기는 열흘이나 보름 차이가 났지요.

조성순 : 젖머슴은 어떤 머슴인가요?

이상휴 : 일이 선 머슴이지요. 일 잘하는 머슴은 상머슴이고, 젖머슴은 모심기할 때는 주로 바지게(발채를 얹은 지게)로 모를 지고 나르고 했지요.

조성순 : 제일 흥이 나고 할 적엔 언제였나요?

이상휴 : 두벌매기하고 날 때이지요. 부잣집에선 잔치하듯 객을 불러서 대접을 했고요.

조성순 : 세벌매기도 했는가요?

이상휴 : 주로 두벌매기로 끝냈는데 더러 세벌매기 하는 집도 있었어요.

조성순 : 선생님, 귀한 시간 내주셔서 참 고맙습니다. 소리를 즐기시며 건강하게 오래오래 사십시오.

이상휴 : 잊지 않고 찾아줘서 고마워요.

5)

이상휴 선생과 대화는 의도하지 않게 주로 필자의 무식함을 드러내고, 궁금한 것을 여쭤보는 형식으로 진행되었다. 그러니까 소리를 듣기는 했으나 왜 이런 소리를 불렀는지 몰랐는데 대화를 통해서 그 의미가 확연하게 다가왔다.

모심기 소리로 아부레이수나(모를 심으면서 부르는 소리)—도움소

(모심기를 마치고 논둑으로 나오면서 부르는 소리)가 있고, 논매기 소리로는 애벌매기(아이매기) 소리―상사디야(두벌매기)―방애소리(논을 다 매고 여럿이 모여 풀을 밟으면서 부르는 소리)―에이용소리(논매기 뒤 논둑으로 나오면서 부르는 소리)가 있고, 캥매쿵쿵 노세는 집으로 돌아오면서 꽹과리 등 풍물을 치면서 부르는 소리이다. 그리고 봉헤야는 타작할 때 부르는 소리이다.

이제는 농사일이 기계로 이루어져서 사람들이 모여 품앗이를 하며 소리를 하고 음식을 만들어 먹던 즐거운 행사는 사라지고 없다. 당연히 사람들의 인정도 옛날 같지 않다. 밭에서 김을 매던 것은 주로 제초제를 쳐서 풀을 없앤다. 논매기 행사는 없어지고, 웬만한 논의 모심기는 반나절이면 기계로 다할 수 있다. 대다수 마을의 샘은 오염되어 식수로 사용하지 못하게 됐고, 수도가 그를 대신하게 됐다.

농사짓는 사람들이 점점 줄어들고 있다. 땅은 있으나 농사짓는 이가 없게 된다면 무엇이 그 자리를 차지하게 될까? 농촌이 없다면 미래도 없다. 외국에서 값싼 농산물을 수입한다고? 당장 마트에 나가보라. 만원으로 살 수 있는 게 거의 없다. 먹지 못해 가족이 목숨을 끊는 일이 하나둘이 아니다. 농요를 귀하게 여기는 일도 멀지 않다. 호사이고 사치일 따름일 것이다. 이런저런 생각이 머리를 무겁게 했다.

이상휴 선생은 전문가에게 따로 소리를 배우지 않았다, 마을 어른들한테 듣고 따라 부르면서 홀로 공부해서 이루었다. 목청이 좋고 구성져서 처음 듣게 되는 사람은 자신도 모르게 눈시울을 적시게 된다. 세상 사람들은 백 년에 한 번 나올까 말까 한 소리꾼이라고 한다.

이상휴 선생을 뵙고 난 얼마 뒤, 챗상과 챗돌을 보러 전수관을 찾았다. 챗상과 챗돌을 보며 선생이 부르는 '아부레이수나' 구성진 소리가 길이 전해지기를 빌었다.

석남(石南)의 독립지사
권영목 선생

석남(경상북도 예천군 감천면 미석리)에 독립운동을 하다가 멸문당한 집안이 있다고 풍문으로 들었다. 석남은 중학교 동창들이 몇 있었다. 수십 년 전 방위병 시절에 석남에 간 적 있다. 마을 앞으로는 넓고 기름진 들판이 있었다.

기억의 저편에 단편적으로 남는 게 있다. 벗이 하는 말이, 석남에 양말공장이 있었다는 것이다. 그때는 대수롭잖게 흘려들었는데 지금 생각해보니 놀라운 일이었다. 양말공장이라니⋯ 1960~1970년대에 석유화학의 부산물인 나일론 양말이 나와서 집마다 여러 켤레 사다 놓고 신었다. 질기기는 했으나 땀 흡수가 잘 안 되고, 불에 약했다. 겨울날 학교 가다가 언 발을 녹이려고 논두렁에 불을 피우고 발을 쬐다가 후루룩 타버려서 난감한 적도 있었다. 반짝하고 왔으나 어느 순간 보이지 않게 되었다. 석남에 있던 양말공장은 면양말을 생산했을 것이다. 시골 사람들이 버선을 신던 시절에 양말을 생산했다는 것은 놀라운 일이었다.

양말 얘기를 장황하게 한 것은 그 양말공장을 한 이가 독립운동을 한 분이기 때문이다. 후손 권기하 씨를 소개받아 독립지사 권영목(權寧睦) 선생에 대해 여쭈었다. 요양병원 이사장인 권기하 씨는 혹여 선조께 누가 될까 봐 말씀 하나하나에 조심스러워했다. 석남의 너른 들을 팔아 조국의 독립을 위해 일했는데 독립유공자 서훈에는 아쉽게 누락이 되었다 했다. 어찌 그런 일이 생길 수 있느냐 하니, 몇 가지가 서로 달라 증명하는데 어려웠다고 한다.

2007년 건국훈장 애족장으로 추서했는데 조회 결과 다른 몇 가지로는

첫째 성명이 족보나 동아일보 기사 등의 자료에는 영목(寧睦)으로 편안할 영(寧)이요 화목할 목(睦)인데, 제적등본에는 영목(寧穆)으로 한자가 다르고

둘째 부(父)의 성함이 족보에는 권태필(權泰弼)인데 제적등본에는 권필현(權弼鉉)으로 되어 있고

셋째 생년월일이 제적등본에는 1900년 10월 14일인데 『독립유공자 공훈록』 17권(2009년 발간)에는 1884년 3월 19일로 되어 있고

넷째 사망일과 사망 장소가 제적등본에는 1944년 2월 28일 예천군 감천면 미우동 770번지에서 사망한 것으로, 『독립유공자 공훈록』 17권에는 1935년 5월 30일 봉천(奉天)에서 사망한 것으로 기록되어 있으며

다섯째 본적지가 제적등본에는 예천군 감천면 관현동 372번지로, 『독립유공자 공훈록』 17권에는 영주군 영주면 영주리 161번지로 기록되어 있어서 어렵다고 했다.

권기하 씨가 확보한 자료집에 의하면 권영목 선생은 왕동도(玉東島), 배량(裵梁), 왕자명(王子明), 옥동보(玉東甫) 등의 중국식 다른 이름이 있었다. 이런 이름이 더 있을 것으로 추정되나 확인되는 바는 없다. 본적과 주소는 경상북도 영주군 영주면 영주리 161로 되어있다. 기록에 의하면 선생은 1884년 3월 19일에 나서 1935년 5월 30일에 돌아가셨다.

1915년 8월 경북 영주군 영주시장에서 국권 회복을 위한 독립운동 자금의 조달과 밀의(密議:비밀 회의) 장소로서 대동상점을 경영하였다. 1918년 광복단(光復團) 총사령(總司令) 박상진(朴尙鎭) 등과 협의 후 만주에서 독립군 양성을 위해 길림(吉林)에 파견되어 활동하다가 광복단 사건과 관련해 궐석재판에서 이른바 보안법 위반으로 징역 8월을 받았다. 이후 권영목은 상해(上海), 북경(北京) 등지를 다니며 활동하였고, 1926년 말 북경에서 대독립당촉성회원(大獨立黨促成會員)으로 민족유일당운동을 추진하였다. 1935년 봉천에서 사망하였다. 정부는 고인의 공훈을 기려 2007년 건국훈장 애족장을 추서하였다.

－『독립유공자 공훈록』 17권 중

석남은 안동(安東) 권씨(權氏) 추밀공파(樞密公派) 세거지였다. 석남 앞 들판은 기름지고, 권씨 문중의 늘비하게 있는 묘소는 누대의 영화를 보여주고 있었다. 권기하 씨가 안내한 권영목 선생의 묘소는 가파른 언덕배기에 있었다. 필자 혼자 나무를 부여잡고 간신히 올랐다. 조국의 독립을 위해 전심전력으로 애쓰다가 순국하신 선생께 옷깃을 여미고 두 번 절을 올렸다.

뉘엿한 저녁 햇살을 받으며 돌아보니 서녁으로 석남 벌과 선생의 옛집이 있던 곳이 보였다. 조국의 독립을 위해 남의 나라 땅을 떠돌다 돌아가시고 서훈조차 제대로 이뤄지지 못한 점이 허허로웠다. 선생은 후대의 명예를 바라고 독립을 위해 동분서주하지는 않았을 테지만 너무나 죄송스러웠다.

그런데 선생의 유해는 왜 다른 선조들과 함께하지 못하고 따로 비석도 없이 모셔졌을까. 당시에 여러 석물(石物)이 있었는데 일제의 눈이 두려워 파묻었고, 이제는 그걸 밝히고자 조상의 무덤을 파는 게 불경스러워 어떻게 하지 못했다고 한다.

전하는 말씀에 의하면 권영목 선생은 군자금 조달책이었다. 일제의 감시를 피하고자 짚신을 수십 켤레 어깨에 메고 경성(京城)과 봉천(奉天)으로 걸어 다녔고, 신분을 위장하기 위해 여러 다른 이름을 쓰고 다녔다.

권영목 선생은 독립운동을 위해 석남의 많은 땅을 독립운동 자금으로 희사하고, 모자라는 군자금을 확보하기 위해 돈 있는 인사들에게는 으름장을 놓았고, 한편으로는 처남을 앞세워 마작

노름으로 자금을 마련하기도 했다. 그 주요 무대가 양반들이 사는 감천의 산골이었다. 그래서 당시 산골의 아는 사람들은 권영목 선생이라면 고개를 저었다 했다.

감천면에서 과거에 많이 오른 고을로 하나가 산골에 사는 한양 조씨 문중이고, 다른 하나가 바로 석남의 안동 권씨 문중이었다. 넉넉한 재산 또한 이 두 가문이 많이 차지하고 있었다.

영주에 있던 양말공장은 생산하여 대동상점을 통해 팔았고, 들어온 돈은 독립운동 군자금으로 조달되었다. 대동상점은 대한광복단의 연락 및 군자금 모집을 목적으로 한 상업 조직으로 국외 독립운동을 지원하는 데 크게 이바지했다. 여러 사정상 양말공장은 영주에 뒀다가 나중에 석남으로 옮겼으나 유지가 어려워 없애게 되었다.

사진으로 보는 선생의 모습은 선하고 잘생긴 호남이다. 훤한 이마, 곧은 콧날, 의지에 찬 입술과 무엇을 응시하는 듯한 깊은 시선 등 어디에서도 나약하거나 비굴한 곳은 찾아볼 수 없다.

1935년 6월 5일 〈동아일보〉 수요일판에 권영목 선생의 서거(逝去)에 대한 단신이 실려 있다. 선생이 해외에 망명해 상해(上海), 북평(北平, 베이징의 옛 이름) 등지를 다니면서 활약을 해오던 중 봉천여사(奉天旅舍)에서 42세를 일기로 영면했다고 전하고 있다. 기록은 또 말한다.

대동상점은 1915년 8월경 박제선이 감독을 맡고, 권영목이 경영주임으로, 류명수(박제선의 매부), 정응봉, 이교덕이 상점 경영을 담당했다. 박제선은 만주, 경성, 영주를 부단히 내왕하며 박상진 등과 운동 관계를 맺고 적절한 시기를 찾아 활동무대를 만주로 옮길 것을 계획하였다. 그때 박제선은 서울에서 김노향이란 사람과 동지 관계를 맺기도 하였다.

그 이듬해 3월까지 대동상점을 만주로 옮길 것을 결정한 이들은 상점의 물품들을 처분하고 상점을 닫아버렸다. 권영목은 대동상점을 경영하던 자금 700여 원(그 대부분을 이교덕의 아버지가 출자했다)과 권상수, 송주찬 등이 지방의 재력가들에게서 모금한 1만여 원을 마련했다. 그러나 대동상점 구성원들은 영주지방 헌병분견소(憲兵分遣所)에 발각되어 1918년 3월에 보안법 위반 및 사기횡령 혐의로 송치되었다. 이 사건에 연루된 사람은 다음과 같다.

박제선: 풍기공립보통학교 훈도. 풍기면 산법동 거주. 40세

권영목: 영주면 영주리 거주. 25세

류명수: 공립보통학교 훈도. 봉화군 내성면 거촌리 거주. 26세

김노향: 서울 매동공립보통학교 훈도. 서울 팔판동 거주. 25세

정응봉: 풍기면 서부동 거주. 24세

이교덕: 영주시 상망동 거주. 24세

이들 가운데 권영목, 박제선, 정응봉 등은 출옥 후 신간회 영주지회에서 민족전선협동 운동에 참여하였다. 특히 정응봉은 1927년 열린 신간회 전국대표자대회의에서 서기장으로 선출되었으

며, 1930년 단천(端川) 농민조합운동 현장에 대표로 파견되기도
하였다.

– 박중훈(2001), 고헌 박상진의 생애와 항일투쟁활동, 『국학연구』 제6집, 127쪽

영주의 대동상점은 대한광복단의 활동에 있어 주요 거점이자
자금 창구로서 매우 중요한 역할을 맡았다. 양한위(梁漢緯)의 〈양
벽도공제안실기(梁碧濤公濟安實記)〉에 따르면 "거금을 소지하고 만
주로부터 권총과 탄환을 구입해 대원들의 무기를 후원하였다"고
기술되어 있다. 곧 대동상점은 영주, 풍기, 순흥의 자산가들이 출
자한 잡화상이지만 실제로는 대한광복단의 자금 창구이자 활동
거점이었다.

대동상점에 참여한 사람들은 대한광복단원이거나 풍기, 순흥,
영주, 춘양, 내성 등지의 유지거나 학교 교원들이었다. 대동상점
의 개설 목적과 그 운영에 대한 경위를 판결문이나 '고등경찰요
사'로서 정리하면 다음과 같다.

박제선은 한일합방 당시 경성사범학교의 교유(教諭)로 생도(生徒)
들에게 병합의 불가함을 주장하다가 경찰서에서 취조를 받은 이
래 일제 당국의 주목을 받고 있던 인물로 당시 풍기공립보통학
교 훈도(訓導)였다. 평소 배일사상을 품고 있던 그는 권영목과 뜻
을 같이하고 구한국의 국권을 회복할 계획을 세운다는 결의에
따라 필요한 자재(資財)를 모을 수단으로 상업을 경영하기로 하

였다. 그리하여 1915년 8월 영주에서 잡화점인 대동상점을 개설하고, 1916년 이교덕, 정응봉, 류명수 등을 가맹토록 하였다. 당시 권영목과 이교덕은 영주의 부호의 자제였으며, 정응봉은 풍기에서 서당을 열고 있었고, 류명수는 박제선의 처남으로 봉화 내성공립보통학교 부훈도를 사직하고 점원이 되었다.

자본금은 이교덕이 대부분 출자하였고, 그 외 권영목이 80두락, 류명수가 50두락을 대여 형식으로 출자하였다. 그리고 표면상 권영목이 경영을 맡았으나, 실제로는 박제선이 주재하였고, 권영목은 보통 상인들과 달리 상업보다 독립운동에만 전념한 것 같다.

한편 박제선은 1917년 8월 독립운동기지를 선정하기 위해 만주를 시찰하고 봉천에 이주한다는 목표하에 서울로 돌아와서 김노경과 계획을 논의하였다. 그리고 동년 11월 이후 권영목, 정응봉, 이교덕 등과 경성 남문여관에서 밀의하고 먼저 권영목을 만주로 파견하였다. 이들은 권영목으로 하여금 만주지방에서 조선인을 규합하여 길림 독립군 맹사원의 허락하에 군대교육을 실시함과 동시에 조선의 자제를 교육하다가 시기를 보아서 국권회복운동을 개시하기로 하고 영주의 대동상점을 폐쇄하였다. 한편 이들은 남문여관에서 박상진과 접촉하기도 하였다.

『일제침략하 한국 36년사』 경상북도 경찰부 치안개요 264항 (1915-08-03)에 의하면, 경상북도 영주군 풍기면 산법동 풍기공립보통학교 훈도 박제선(40년)은 국권 회복의 소지를 관철하기 위해 운동자금 조달과 밀의 장소로 경북 영주군 영주시장에 '대동상점'이라는 잡화상을 개설하였는데 감독에 박제선, 권영목이 경영주임으로 사업을 담당하였다.

또『일제침략하 한국 36년사』경상북도 경찰부 치안 개요 264항(1916-03-09)에 의하면, 이달 경북 영주 헌병분견소는 1915년 8월 3일 이래 독립운동자금 모집활동을 하여 온 대동상점 사건의 관계자 박제선(40년), 권영목(25년), 유명수(25년), 김노경(25년), 정응봉(24년), 이교덕(24년)을 보안법 위반 및 사기 횡령죄로 송치하였다.

『한국독립운동사 자료총서』제15집의「광복회예심종결결정서(光復會豫審終決定書)」에 의하면, … 피고(被告) 김동호(金東鎬)는 일찍이 피고 상진(尙鎭)으로부터 국권회복의 설(說)을 청(聽)하고 이에 찬동하고 있던 바, 동(同) 음십월말경(陰十月末頃) 경성부인사동(京城府仁寺洞) 어재하방(魚在河方)에서 피고 상진으로부터 광복회(光復會)의 목적내용(目的內容)을 청(聽)하고 찬동 조력(助力)할 것을 승낙하였다. 그 당시 피고 상진은 동소(同所)에서 "권영목(權寧睦)" 우리현(禹利見) 피고 동호 등(等)과 회(會)하고….

『광복회예심종결결정서(1918년)』, 광복회 재판기록 공주지방법원 예심에 의하면, … 피고 김노경(金魯卿)이 대정육년(大正六年) 음십월초경(陰十月初頃) 경성(京城) 남문여관에서 피고 박상진(朴尙鎭)으로부터 전기(前記) 광복회(光復會)의 목적내용(目的內容)을 문(聞)

하고 이에 가입하여 동회(同會)를 위하여 분주(奔走)하였다는 사실(事實)의 공소사실은 이를 인(認)할 수 있는 것이나, 피고 노경은 대정칠년(大正七年) 유월십칠일(六月十七日) 대구복심법원(大邱覆審法院)에서 보안법위반피고사건(保安法違反被告事件)에 대하여 피고가 대정육년(大正六年) 음십일월초경(陰十一月初頃) 경성 남문여관에서 "권영목" 박상진 등과 회합(會合)하여 국권회복의 모의(謀議)를 수행(遂行)하였던 사실에 대하여 무죄판결을 수(受)하여 확정한 것이므로….

이상의 기록만 보더라도 권영목 선생이 독립운동을 한 것은 명백하다. 그러나 영주에 동명(同名)의 사람이 있어 자료의 상당수를 넘겨주어 그에게 서훈에 추서하게 했다 한다.

권영목 선생은 여러 다른 이름을 쓰고 다녔는데 이를 방증(傍證)할 수 있는 기록이 있다.

피고인 우리현(禹利見)

(중략)

문: 피고는 우재룡(禹在龍), 김재수(金在洙), 김재서(金在瑞)라고 부르고 있는가.

답: 우재룡은 족보에 등재되어 있는 나의 구명(舊名)이다. 김재수라고 부른 일은 없으나, 체포를 면하기 위하여 김재서라는 위명

(僞名)을 쓴 일은 있다. 또 우리현이라고 하는 것은 나의 관명(冠名:관례를 치르고 어른이 되면서 새로 지은 이름)이다.

(중략)

문: 피고는 안종운(安鍾雲), 소진형(蘇鎭亨) 등에 대해서 김재수라고 사칭하고 있었는가.

답: 김재수라고는 말하지 않았으나, 김재서라고 사칭하고 있었다.

문: 어떠한 연유로 성명을 사칭하였는가.

답: 체포를 면하기 위해 도망 다니고 있던 때이므로 성명을 사칭하고 있었던 것이다.

문: 어떤 연유로 체포를 면하려고 도망하고 있었는가.

답: 채기중(蔡基中)에게 권총을 건네준 일도 있고, 권영목의 돈을 연결해준 일도 있고, 또 김좌진 등과 군사령부를 조직한 것과 같은 일도 있으므로 도망해 있었다.

(중략)

문: 피고가 권영목의 돈 칠만 원을 가지고 봉천으로 간 것은 장승원(張承遠)이 살해되고, 박상진 등이 체포된 후가 아니었는가.

답: 그렇지는 않다. 그 저년의 일이었다.

– 『우리현 신문조서(1921년)』 1·4·5

우리현(禹利見)의 진술에서 권영목 선생의 이름이 여러 곳에서 언급되고 있고, 우리현이 여러 이명을 쓰는 이유를 자세히 말하고 있다. 이렇듯 다른 이름을 쓰는 것을 당연하게 여긴다. 독립운동을 하는 이가 본명을 드러내고 다니는 것이 오히려 어색하다. 권영목 선생의 이름과 주소가 여러 곳에서 서로 다른 것이 조금도 이상하지 않다. 권영목 선생은 군자금 조달책이기 때문에 더욱 그러했을 것으로 보인다.

대외비 인장을 박은 1934년 6월 조선총독부 경무국 『용의조선인명부(容疑朝鮮人名簿)』 자료에 의하면, 권영목 선생은 1894년 3월 19일생이다. 이 출생은 독립유공자 공훈록과는 10년의 차이가 난다.

앞에서 밝힌 여러 이명, 곧 배량, 왕자명, 옥동보, 왕동도 등의 중국식 이름은 조선총독부 경무국에서 수집한 이명들이다. 독립지사 우리현 선생의 신문(訊問) 문답을 통해서도 알 수 있거니와 권영목 선생은 이 외에 여러 다른 이름을 더 사용했을 것으로 추정된다.

자료는 현 거주지를 만주국(滿洲國) 금주(錦洲) 동문(東門) 외(外)로, 주소는 경상북도 영주군 영주면 영주리 161로 기록한다. 선생의 성향은 절대독립(絕對獨立) 치열(熾熱) 배일사상(排日思想) 원광복회계(元光復會系)로 목하(目下) 만주국관리취직운동(滿洲國官吏就職運動)으로 분주(奔走)라고 기록하고 있다.

그런데 권영목 선생은 불과 2년도 채 되지 않아 봉천에서 서거하고 만다. 도대체 그동안 무슨 일이 일어났던 것일까. 취직 운동을 왕성하게 하던 이가 봉천여사(奉天旅舍), 곧 여관에서 객사하다 니, 선생의 죽음은 의문점이 많아 보인다.

본적지가 감천면 관현리 373번지로, 공훈록의 주소 경상북도 영주군 영주면 영주리 161과 다른 것은 결코 하자(瑕疵)가 될 수 없다. 이 주소는 조선총독부경무국 사찰 기록과 같은 것이기도 하다. 다만 사망일과 사망 장소가 서로 다른 것은 기록의 오류로 1935년 5월 30일 봉천에서 사망한 게 옳을 것이다.

감천 관현에 살던 1922년생 손재정 씨의 진술에 의하면, 권영목 선생은 1931년에서 1933년까지 관현에 살았으나 직접 본 적은 없으며 몇 차례 일본 순사가 집에 들러 뒤지는 것을 목격했다 한 다. 또 들리는 바로 풍기에서 거주하다가 1933년 이후 미석으로 이주한 후 만주로 이주했다고 한다.

여러 가지 정황으로 보아 권영목 선생은 독립운동으로 바람에 날리는 가랑잎처럼 정처를 두지 못하고 떠돌았다. 여러 다른 이 름을 쓰고, 정체를 숨기기 위해 주소도 여럿 두고 다녔을 것이다.

광복 78주년을 앞둔 지금도 독립운동을 한 분들의 십 분의 일 도 제대로 밝혀 기록하지 못했다고 한다. 대다수가 이름을 드러내 지 못한 채 타국 땅에서 고혼(孤魂)이 되었다. 현재 석남의 안동 권 씨 문중의 선산에 추밀공파 후손들의 묘소는 남아 있다. 그러나 문중의 많은 땅은 권영목 선생의 독립운동 자금으로 사용되거나 일제가 독립지사 가문을 멸문시키면서 수탈해 유실되었다 한다.

대동상점 사건에 연루된 인사들은 대한광복회원이거나 그에

동조하고 있는 풍기, 순흥, 영주, 춘양, 내성 등지 부호와 교원들이다. 대동상점은 표면상 잡화점이지만, 궁극적으로 만주를 중심으로 해서 국권 회복의 활동을 개시하는 데 필요한 비용을 얻기 위해서 세웠다. 이들은 영주에서 상업을 경영하다가 남만주로 이동해 조선인을 규합하고 국권 회복을 위해 거사한다는데 의견일치를 보았다. 이것은 독립운동기지의 건설이라는 방략(方略)에 따른 것으로 대한광복회를 비롯한 국내 독립운동단체들의 활동 목적과 같았다.

대동상점 사건의 중심인물은 박제선과 권영목이다. 박제선은 만주, 경성, 영주를 내왕하며 박상진 등과 만주 이주를 꾀했다. 여기서 주목할 점은 대한광복회가 이미 설립된 만주의 독립운동기지를 후원하기도 했지만, 한편으로는 새로운 독립운동기지의 건설을 모색했다는 것이다. 대한광복회는 보수적인 유림에서 출자한 의병 계열의 인사들만이 참여했지만, 대동상점의 구성원에는 신교육을 받은 인물들이 함께했다.

권기하 씨의 증언에 따르면 할머니께서는 서울 관악구 봉천동에 80여 평의 주막집을 운영하셨다. 그곳에서 각지의 요인들이 모임을 하고 만주 등지로 떠났다는 말씀을 들었단다. 이를테면 비밀결사의 비트(비밀 아지트)였던 셈이다. 주막집은 권씨 문중의 자금으로 마련했던 것으로, 집안이 풍비박산이 나자 문서는 문중의 어른이 가져가서 보관했다.

권기하 씨가 어릴 적에 집안에는 기이한 물건들이 많았다 한다. 갓만도 수십 개가 됐으며 권총도 있었다. 기억에 의하면 권총 손잡이는 나무로 됐는데 영화에 나오는 세련된 모습이 아니라 어린 눈에 보기에도 허술하게 보였다고 한다.

권영목 선생은 주변에서 무엇을 하는지 모를 정도로 조심스럽게 행동했고 변장술에 능했으며 주변 사람들을 통해 일을 해결했다. 베일에 싸인 인물이었다. 일제의 대외비 자료는 선생이 자금 조달책으로 독립운동에 치열한 성향을 지녔다고 기록하고 있다. 선생은 사후 이렇다 할 비문 하나 없이 선산에서 조금 떨어진 서향받이 언덕배기에 누워계신다.

권기하 씨께 현재의 부(富)를 어떻게 이루었는지 조심스레 여쭤봤다. 대다수 독립운동을 한 후손들이 그렇듯이 집안은 풍비박산이 났고, 여러 사정상 양말공장도 도산하게 되었다. 또 할머니가 인천에 계셨는데 어떻게 돌아가셨는지 그 무덤조차 어디에 있는지 모르게 되었단다.

어린 시절 권기하 씨는 오로지 돈을 버는 것이 지상 최대의 과제였다. 가난해 제대로 진학할 수도 없어서 이런저런 인연으로 머리 깎는 기술도 배워보고, 도회로 나가 취직을 해 기술을 배우기도 했다. 그러다 우연히 칡을 캐서 갈포벽지를 만드는 일을 하게 되었는데 친환경 벽지로 유럽 등지에서 폭발적 인기를 끌어 수출을 엄청나게 하게 되었고, 산업 일꾼으로 수출의 날 행사에 참석하기도 했다.

영주에서 숙박업도 했는데 그것 또한 번창했다. 중국 등의 영향으로 오래전 갈포벽지 사업은 접었고, 지금은 그동안 마련한 자금을 운용해 예천 들머리에 요양병원을 지어 경영하고 있다. 이제는 지역사회 발전을 위해 희사하고 도움을 주는 방법을 모색하고 있다. 다만 선조의 업적을 제대로 정리하지 못해 죄스러울 따름이라고 한다. 언젠가는 그런 날이 오지 않겠냐며 말씀을 잇지 못하고 애써 고개를 돌리는데 눈물이 그렁했다.

* 부기: 글을 게재한 뒤 대한광복단은 권영목 선생의 사진을 발굴하게 되어 감격하였으며, 후손 권기하 씨는 기꺼운 마음으로 대한광복단 행사에 한두 차례 참여하였다. 한편, 대한광복단은 권영목 선생 자료를 객관적으로 파악하여 사실을 규명하겠다고 밝혔다.

백두산 용정 일대
답사 여행기

여름방학이 되자, 백두산(白頭山)을 만나기 위해 중국으로 떠났다. 사실 팔구 년 전에 모 학회에서 주관하는 고구려 유적지 답사차 오녀산성(五女山城)과 집안(集安) 등에 들렀다가 백두산 산문(山門)으로 가서 천문봉을 지프를 타고 오른 게 처음이었다. 그 때는 백두산에 오르는 것을 유적지 답사 일정에 구색을 갖추기 위해 넣었기에 어디까지나 종적이었고 짧은 시간 아쉽게 만나고 헤어졌다.

이번은 그때와 사정이 사뭇 달랐다. 백두산을 만나는 것이 우선이고, 용정(龍井) 일대 답사는 오히려 부수적이다. 그래서 차림새부터 아예 다르다. 백두산의 품에 들어 그의 숨결을 느끼기 위해 배낭에 등산화를 신고 중무장을 했다.

여름 날씨는 처녀들 마음 같아 알 수 없다. 장마전선이 오락가락하던 차에 가는 거라 그 장엄하고 장쾌한 모습을 다시 보여줄지 걱정되었지만 예정된 일정이라 이미 돌이킬 수는 없다.

7월 21일 12시 20분. 인천 공항에서 중국 민항기를 타고 장춘 (長春)으로 출발하였다. 기내에서 안내하는 방송을 보니 장춘의 기온은 32℃이다. 더운 것으로 치면 서울과 별반 다를 바 없는 날씨다. 장춘에 도착하니 2시 20분쯤 되었다. 이는 서울을 중심으로 한 시각이고, 이곳 장춘의 시각은 1시 20분이란다. 한국과의 시차가 1시간쯤 난다. 장춘의 날씨는 안개가 끼어 있고 습도가 높아 서울보다 더운 듯했다. 장춘에서는 현지 가이드가 나왔는데 그는 중국에서의 일정 동안 우리 일행과 함께할 거라고 하였다.

다시 연길(延吉)로 가는 중국 국내선 비행기를 타기 위해 절차를 거치고 나서 이동하는데 일행 중 한 분에게 약간의 문제가 생겼다. 국내 산행 중 넣어뒀던 등산용 칼이 고어텍스 우의에서 발견되어 약간 지체하게 되었다. 본인도 미처 몰랐던 일이 생겼단다. 본인도 당황했고 주변 사람들도 우려했지만 그냥 압류하는 데 그쳤다. 운 나쁜 경우, 같은 상황이라면 다른 외국 여타 나라에서는 벌금을 한 100달러 물리는 경우도 있단다.

연길로 가는 비행기는 연발이었다. 4시 발이 5시로 바뀌었다. 시간이 나서 다소 엉성하고 짜임새 없는—마치 가판대 같이 만들어둔—상품 진열대를 둘러보다 보니 한국에서도 많은 독자가 애독한 최인호 씨의 『상도(商道)』가 중국어로 번역되어 나와 있어 반가웠다. 200만 명의 이목을 집중시킨 책이라고 소개하여 독자의 관심을 끌고 있다. 최인호 씨가 글을 잘 쓰기도 하지만 돈벌이에 대한 중국인의 성품을 잘 알 수 있겠다.

한때 교육운동 사건과 관계되어 나는 잠시 학교를 떠나 아르바이트 삼아 텔레비전에서 책을 분석하여 소개하는 일을 했는데 그런 관계로 그를 몇 번 만났다. 그는 소탈했고 솔직하였다. 그의 경허선사에 대한 불교 소설 『길 없는 길』은 많은 독자의 가슴을 두드렸다. 그는 자신을 불교적 가톨릭주의자 혹은 가톨릭적 불교주의자라 불렀다. 종교라는 벽을 가지지 않은 그의 태도는 신선하게 다가왔다. 붓다나 예수나 마호메트가 살았을 당시에는 종교는 없고 위대한 가르침이 있었을 것이었다. 종교(宗敎)라는 말도 말 그대로라면 '으뜸 가르침'이라는 뜻 아닌가? 후대의 사람들이 도그마화하여 전쟁을 벌이고 있으니 공자의 후생가외(後生可畏)라는 말이 부끄럽다.

중국 하드를 사 먹어보았는데, 우리의 것처럼 포장이나 색깔이 세련되지는 못하지만 시원하고 생각보단 맛있었다. 대기실 한 구석에는 중국 간자를 자판에서 쉽게 다루는 프로그램을 홍보하고 있었는데 사람들이 간혹 관계자에게 물어보곤 하였다. 30여 분이 지나 탑승하라는 방송이 나왔다.

연길 공항 가까운 한식당에서 저녁을 하고, 바로 이도백하(二道白河)로 출발하였다. 연길에서 이도백하까지는 약 4시간이 걸린단다. 버스에서 가이드가 바람떡이라 하여 먹게 되었는데 고물이 약간 시큼하였으나 먹을 만하였다. 송편과 유사하나 좀 얇고 손자국을 내지 않았고 고물이 더 부드러웠다. 이도백하까지 오는데 버스 기사가 오금이 저리도록 달려 무척 놀랐다. 때로 포장된 길을, 때 론 비포장의 좁은 밤길을 마구 달려 가슴이 두근반세근반했다.

목적지인 신달모텔에 도착하니 10시 40분이다. 씻고 나니 여 독도 풀리고 상쾌하였다. 이번이 중국 여행 세 번째인데 올 때마 다 중국은 다른 것 같다. 변화가 빠르다. 10여 년 전에 처음 왔을 때는 치약과 비누 등 호텔에서 쓰는 생활필수품이 조야했는데, 지금 보니 아직 수준급은 아니나 쓰는 데는 불편함은 없다.

나와 방을 같이 쓰기로 한 배연형 선생님은 대학 선배이다. 그 는 심양(瀋陽)에서 남북한 민요학자들과 세미나 모임을 하고 나서 장춘으로 와서 우리 일행과 합류하였다. 대학에서부터 대학원까 지 함께한 것은 인연일 것이다. 이곳 백두산 여행을 함께 하는 인 연의 끈이 새삼 놀랍다. 배 선생님은 대학원에서 고시가를 공부 하셨는데 국악 전반에 해박한 지식을 갖추고 있으며, 고음반 수 집과 연구에도 관심이 깊은 걸로 알고 있다.

숙소에서 텔레비전을 트니 마침 고구려 문화유산에 관하여 방 송한다. 중국이 고구려 역사를 마치 자신들의 변방 역사로 취급 하고 왜곡하는데 국내에서 국민이 분노하고 그에 대한 의견이 물 끓듯 하는 차제에 중국에서 고구려 문화유산을 방영하는 의도가 자못 무겁게 다가온다.

중국의 동북공정은 이미 오래전에 진행된 것이었다. 칠팔 년 전 답사 때 오녀산성에 오르려고 했으나 오르지 못하게 하였던

점, 광개토대왕릉 비문 앞에서 사진을 박는 것조차 예민한 반응을 보이던 그들의 모습에서 어떤 상황을 조작하려는 기미를 느꼈다. 돈을 버는 것은 좋으나 한국 답사팀이나 일반 관광객들의 고구려에 대한 깊은 관심이 그렇게 아름답게 보이지는 않았을 것이다. 더욱이 200만 명에 달하는 조선족들이 만약에 있을 중국 재편 시 큰 부담으로 작용할 것을 염려했을 것이다. 그들은 고구려 역사를 변방의 역사로 생각하는 게 아니라 현재의 한국도 변방으로 생각하고 있을 게다. 이런저런 생각이 꼬리를 무는 가운데 밤은 깊어갔다.

1) 금강대협곡과 왕지 가는 길

다음날인 7월 22일, 새벽 4시 30분에 깨어났다. 어제의 긴 여정에 비해 의외로 몸이 쾌청하다. 스트레칭을 하며 궁싯거리다 보니 창밖에 사람들이 어른거리는 모습이 보였다. 먼 길 가는 많은 사람이 아직 밝지 않은 어둠 속에서 부산하게 움직이고 있었다. 창가로 가서 찬찬히 살펴보니 그들은 멀리 가는 사람들이 아니라 바로 우리 일행들에게 물건을 팔러온 장사꾼들이었다. 중국인들의 장삿속이 새삼 놀랍게 느껴진다. 한자의 상(商)이란 낱말은 원래 하(夏)나라의 서울을 나타내는 말이었다. 그런데 하(夏)가 망하자 상(商) 사람들이 흩어져 떠돌면서 생존을 위한 노력을 하는 가운데 생겨난 행위가 장사하는 상(商)행위를 뜻하는 말로 확대되었다고 한다.

아침을 하고 금강대협곡(錦江大峽谷)으로 출발했다. 금강대협곡은 길이 12km, 깊이 70m로 미국의 그랜드 캐니언을 연상하게 하는 V자 형태의 협곡이다. 영원히 묻혀있을 뻔했는데 4년 전 이 일대에 큰 산불이 나서 진화하다가 발견했다고 한다. 마치 포효하는 거대한 범의 입을 보여주는 듯한 데 곳곳에 기괴한 형상의 부석토 무더기가 보였다. 금강대협곡 초입에는 백두산 부석(浮石)을 잘라 1달러 정도에 판매했다. 목욕탕에서 발뒤꿈치를 닦는데 유용할 것 같았다.

점심을 하고 진주온천을 향해 나섰다. 진주온천 가는 길은 이번 며칠 사이에 내린 비로 인해 길이 많이 유실되어 버스가 진행하지 못해서 걸어가게 되었다. 가는 도중 풍광이 아름답고 길섶에 여러 야생화가 만발해 있어 버스를 타지 않은 게 참 다행이라 생각하며 걸었다.

진주온천은 천지의 물이 내려오는 작은 시내에 있었다. 천지에서 내려오는 물은 얼음을 녹인 듯 찬 데 온천수는 발을 담그기가 어려울 정도로 뜨거웠다. 가이드에게 진주온천이란 이름의 유래를 물으니 온천수가 올라오는 물방울이 마치 진주를 연상시켜 그렇게 부른다 했다. 그러고 보니 물속에서 방울방울 올라오는 모습은 진주 방울을 그대로 닮았다. 가끔 발을 불편하게 하는 무좀도 좀 괴롭힐 겸 뜨거움을 참고 잠시 노천 온천에 발을 담갔더니 무좀이 벌써 나은 듯 상쾌했다.

오후에는 고상화원에 들렀다. 고상화원은 오래된 습지인데 늪에 여러 꽃이 만발해 있어 태곳적 모습이 이런 게 아닌가 하는 생각이 들었다.

일정 중 하이라이트는 왕지(玉池) 가는 길이었다. 일본 북알프스 산맥 아래 가미고지(上古地)에 있는 대정지(大正池)가 고목(枯木)이 물에 잠겨 있는 원시적 모습을 보여준다면 왕지(玉池)는 고요란 게 어떤 것인가를 보여주는 듯했다.

왕지 가는 길은 약 4km 정도인데 왕지보다 왕지 가는 길에 핀 야생화가 더 인상적이었다. 밤하늘엔 셀 수 없는 숱한 별들이 찬란하게 빛나는 것처럼 왕지 가는 길엔 이름 지어 붙일 수조차 없는 꽃들이 지상을 수놓고 있었다. 형형색색의 꽃들이 자태를 뽐내고 있는 풀숲에서 나는 오랫동안 말을 잊고 서 있었다. 꽃도 꽃이려니와 덤불 속에서 들려오는 풀벌레 소리가 발걸음을 잡고 놓지 않았다.

왕지에 갔을 때 주변에는 아무도 없었고, 오직 나 혼자뿐이었다. 고요한 늪이 바람에 일렁이고 사위의 수목은 태고를 말하는 듯해서 두렵기조차 하였다. 문득 원시인이 된 듯하였다. 지나간 시간 속의 공간을 더듬어 확인하는 느낌조차 들었다. 기시감(旣視感)이랄까 사람에게도 알지 못하는 미지에 대한 통찰을 감지할 때가 있는가 보다.

숙소로 돌아와 저녁을 하고 찬물에 씻으니 이곳이 외국이라는 생각보다는 한국의 여느 호텔에 온 듯하였다. 그도 그럴 것이 산천경개도 비슷하고 사람들도 닮았고 무엇보다 일행이 다 한국인들이 아닌가. 머무는 백운산장은 한국이나 일본의 산장 개념과 달리 호텔이었다. 이곳은 원래 장백산 임업국 사무소였는데 백두산 서파 트레킹으로 찾아오는 사람들이 많아지자 숙소로 고쳐서 정비한 곳이다. 깊은 산 속이라서 모기가 없을 줄 알았는데 가이드의 말에 의하면 이곳 모기는 몸이 퉁퉁 붓게 할 정도의 강도로 공격하는 놈들이란다.

특이한 것은 화장실이었다. 남성과 여성의 화장실이 따로 있는 게 아니라 커튼 하나로 공간을 나뉘어 있고, 남성이 용변을 보면 좁은 도랑을 통하여 배설물이 흘러가는데 그 도랑이 여성들의 화장실로 통하였다.

밖에 나가 하늘을 보니 별들이 성글게 떠 있었고 달무리가 져 있었다. 내일 날이 맑기를 바라면서 잠자리에 들었다. 이곳 백두산으로 오는 도중 떠오른 생각이 무리를 이루어 알 수 없는 세상에 닿는 꿈을 꾸었다.

2) 백두산 가는 길

가도 가도 끝없는
허벅지 미끈한 자작나무숲
이도백하에서 단단대령(單單大嶺)* 뵈러 가는 길

---

* 백두산의 딴 이름.

칠월에 연기마저 추워

파랗게 머리 풀고 하늘로 오르는데

후투티 한 마리

아득한 허공에 빗금을 긋는다.

산나리 환하게 웃고 있는 오솔길

소년 같은 백발의 늙은이

노새 모시고 가네.

어디 가시는가 여쭈니

손들어

달문 너머 삼수갑산 가는 길이라네.

문득

까닭 없이 외롭고 슬퍼져

혹시 백석* 아니신가 하니

빙그레 웃으며

손 흔들고

길 멀다며

---

* 시인

총총 가시네.

– 조성순, 「백두산 가는 길」 전문

3) 열 시간 동안 안개 속을 헤매다

백두산의 동남쪽은 북한, 북서쪽은 중국이다. 동남쪽은 사정상 갈 수 없기에 북서쪽만 등정할 수 있다. 그동안 주된 산행은 북쪽 북파 능선이었다. 산행이라기보다 대부분 차로 이동해 5분 정도 걸어 천지(天池)를 내려다보는 북파 산행은 등정이라기보다는 관광이라는 게 적합하다. 나도 지난번 백두산을 그렇게 올랐다.

백두산 중국 지역은 크게 북파와 서파로 나뉜다. 천지를 중심으로 한 북파는 험준한 산세를 자랑하고, 서파는 완만한 고산지대를 이루고 있다. 먼저 서파 길을 산행한 분들의 사진을 보면 영화의 한 장면 같은 광활한 초원지대에 흐드러지게 핀 야생화를 보여준다.

이 주변의 고산지대는 대부분 어제 답사했다. 신비한 모습을 보여주는 왕지, 용암이 분출하며 이룬 금강대협곡, 용암이 지하로 흘러 들어가 생긴 제자하(梯子河, 마치 좁은 사다리 모양으로 용암이 지하로 흘러 들어가 만들어졌으며 그곳에 물길이 형성되어 색다른 느낌을 준다), 높이 80여 미터의 금강폭포, 노천에서 진주 방울처럼 온천수가 방울방울 솟아오르는 진주온천 등 원시의 대자연 모습을 다양하게 보여준다.

삼 일째 아침이다. 이번 답사 일정 중 가장 중요한 날이다. 서

편 청석봉에서 시작하여 오른편으로 천지를 내려다보면서 북쪽으로 다섯 개의 연봉을 걷는 외륜봉 트레킹으로, 이 일정에 대한 관심으로 멀리 장춘을 거쳐 이곳까지 왔다.

오늘 걷는 시간은 약 10시간. 이 정도의 시간은 국내에서도 많이 걸었기에 어려울 것 같지 않았으나 날씨가 걱정되었다. 산발치에서 오를 때 사물을 수채화 풍광으로 보이게 하던 안개가 산마루에 오를수록 점점 짙어져서 마음을 더욱 불안하게 했다. 산행 출발지인 북한과 중국의 국경선인 5호령 경계비가 있는 곳에 도착했을 땐 강풍이 불고 앞이 거의 보이지 않았다. 우려했던 최악의 사태가 일어났다. 불과 몇 미터 앞을 볼 수가 없었다. 2003년 일본 북알프스에 갔을 때 야리가다케(槍ヶ岳 3,180m)에서 최종 목적지인 오쿠호다카다케(奧穗高岳 3,190m)로 가려고 할 때 화이트아웃(시계 제로인 상태, 곧 1m 앞도 안 보이는 악천후)을 경험한 이후 최악의 상황이 온 것이다. 임시로 컨테이너 박스를 옮겨놓은 곳에서 커피를 팔던 중국 여인이 무슨 말인지를 하는데 현지 가이드의 말을 빌자면 요즘 며칠 동안 계속 짙은 가스가 끼어 있어 산행하기에는 적합하지 않다는 말이란다. 기온이 많이 떨어져서 한기가 몸에 느껴져 파일 자켓을 꺼내 입었는데도 추워서 겉에 바람막이를 입었다.

특별한 안내나 주의의 말씀도 없이 바로 산행을 시작하는 인솔자가 다소 무모해 보였다. 아직 얼마 가지 않았는데도, 얼굴에 애티가 흐르는 소년은 세찬 바람과 일행의 빠른 걸음에 힘들어하는 표정이다. 너무 세찬 바람과 비안개로 인해 나는 바람막이를 고어텍스 비옷으로 바꿔 입었다. 주위를 돌아보니 말은 하지 않았으나 불안한 기색들이 역력하다. 바람 소리인지 파도치는 물소리인지 분간이 가지 않는 음향이 귀에 들어올 뿐이다. 그냥 앞만 보고 걷고 또 걸었다.

앞사람의 걸음을 따르다 보니 더러 양지꽃 같은 야생화가 보이는데 누군가 그게 노랑만병초라고 일러준다. 사진을 박고도 싶었으나 이 상황에선 무리였다. 한허계곡에서 준비해간 행동식을 먹었는데 주변이 온통 회색이다. 비로소 이곳이 화산암 지대인지를 알겠다. 주변 사람들 얘기를 들으니 청석령은 벌써 지났다.

바람의 실체를 잘 몰랐다. 그렇다고 지금은 안다는 것도 아니지만 일상 산들바람이 바람이거니 생각했다. 그러나 2003년 겨울 한라산을 등반한 후 관광차 오른 오름에서 바람의 실체를 만났다. 한라산에서는 느끼지 못했던 바람이 찾아왔다. 눈과 콧구멍과 입속으로 정신 못 차리게 쳐들어와 걸음을 옮기지 못하게 하던 바람에서 왜 제주 바람이 유명한가를 온몸으로 느꼈다. 제주 바람의 진면목을 보았다. 이번 백두산 산행길에서 만난 바람은 공포 그 자체였다. 앞은 보이지 않는데 몸을 일으키면 날아갈 것 같아 가는 도중 여러 번 따개비처럼 바위를 붙잡고 울었다. 좀 더 착하게 살 걸 하는 생각조차 들었다. 무협영화의 고수처럼 우의를 망토처럼 펄럭이며 스틱을 두 개나 땅에 박고도 강풍에 밀릴 때는 금방이라도 무슨 일이 생길 것만 같았다.

천지 건너편 북한 땅에 있는 장군봉, 향로봉, 비로봉을 바라보며 걸을 수 있다면 얼마나 좋을까? 그런 바람은 희망 사항으로만 그치고, 지금은 비바람과 싸우며 안개 속을 가고 있을 뿐이다. 산행할 때 대부분 사람은 맑은 날씨를 바란다. 이번 함께 산행하는 사람들 대부분은 깨끗한 자태의 천지와 그 주변 봉우리를 바라볼 수 있기를 희망했다. 나 역시 그러했다. 지난번 백두산에 올랐을 때는 쾌청했지만, 이번에는 비와 안개 속에서 헤매게 되었다.

악천후 가운데 산행을 하면서 궂은 날씨가 때로 원망스럽기도 했지만 깊은 인연이 없는 자가 백두산의 품 안에서 소요할 수 있겠느냐 생각하니 문득 주변이 밝아지고 사물들이 아름답게 다가왔다. 보지 못해도 백두산이나 천지는 그 자리에서 늘 그대로의 모습을 가지고 있을 뿐이다.

길을 잃어 가다가 돌아오기도 하면서 정신없이 앞만 보고 가다 보니 갑자기 앞이 훤해지고 일행 몇이 환호성을 지른다. 달문(闥門)이란다. 우리 일행을 부끄러워하며 오랫동안 모습을 보여주지 않던 산이 드디어 잠시 자태를 보여주기로 한 모양이다. 고운 무명천을 허공에 드리운 듯 달문에 걸린 장백폭포가 그 수려한 모습을 보여주고 있다. 그동안 피사체를 안지 못해 추위에 떨며 외로워했을 카메라를 잡고 그리운 산하를 담기에 모두 바빴다.

얼마를 더 가니 청순한 산골 처녀 같은 소천지가 나왔다. 여러 종류의 나무들이 소천지를 에워싸고 있고, 그 길목에는 불상을 모신 전각이 있는데 사람들이 기도하는 모습들이 보였다. 중국은 사회주의 국가라 하나 무늬만 그러할 뿐 어떤 면에서는 자본주의 사회보다 더 개방적이며 더 앞서가는 것도 있었다.

호텔에 여장을 두고 장백폭포로 가는 길목은 노천 온천에서 구운 달걀을 파는데 별미였다. 멀리서 바라보던 때와는 달리 가까이서 보는 장백폭포는 더욱 웅장하고 돌올했다.

저녁을 하는 자리에서는 평양에서 온 가무단이 공연을 보여주었는데 외화벌이에 나선 자신들의 태도를 솔직하게 밝혀 신선했다. 속세의 말에 가난은 독 안에 숨겨도 들통이 난다고 했는데 어려운 처지에 주눅 들지 않고 당당하게 살아가고 있는 겨레붙이의 모습에 눈시울이 더워졌다. 어서 동강 난 가슴이 다시 붙어 혈맥이 유통할 수 있기를 천지신명께 빌었다.

4) 용정(龍井), 윤동주 그리고 강경애

용정 하면 뭔가 의로운 기운이 생각나는 곳이다. 비분강개한 지사(志士)들이 모여 조국의 안위를 생각하고 독립운동을 하던 곳이다. 1917년 윤동주(尹東柱)는 이런 곳에서 태어나서 자랐다. 동주는 본명(本名)이요 어릴 때 불리던 이름은 해환이다. 조부 윤하현은 선각자로 함경도 회령이 고향이었으나 동주가 탄생할 무렵 용정으로 이주하였다.

동주의 외숙부는 독립운동가 김약연이다. 다른 것은 모를지라도 그가 돌아갈 때 후손들이 유언(遺言)을 말씀드리자 "내 행동이 바로 유언이다"라고 했을 정도니 그의 사람됨을 알 수 있겠다.

규암(圭巖) 김약연(金躍淵: 1868~1942)은 이곳 용정에 규암서숙을 건립하여 교육사업에 힘을 기울였는데, 규암서숙은 뒤에 명동소학교와 명동중학교로 발전했는데 사정은 모르겠으나 동주가 성장했을 무렵 명동중학교는 폐교된 상태였다. 이때의 급우들은 뒤에 신춘문예에 소설을 써서 당선되기도 하였고 윤동주와 같은 감옥에 있다가 옥사한 동갑내기 고종사촌형 송몽규, 통일운동에 몸바쳐 애쓰다가 가신 문익환 목사 등이 있다. 이번 답사에서 확인한 바로는 송몽규는 용정과 북경 등을 오가며 비밀결사에 들어활동한 독립투사였다. 윤동주는 준열한 역사의식을 가졌으나 행동은 조용한 사람이었던 것 같고, 송몽규는 행동이 실제적이었던것 같다.

윤동주는 어릴 때부터 다방면에 취미가 있어 축구선수이기도하였으며, 글재가 있어 〈카톨릭 소년〉 지(誌)에 동화를 발표하기도하였다. 운동을 좋아하고 문학 서적만 들고 다니던 그가 성적에서는 뜻밖에도 수학이 으뜸이어서 주변에서 놀랐다고 한다. 특히기하학을 좋아했다는 건 그의 치밀한 성품을 방증하는 좋은 예이다. 뒤에 연희전문에 함께 다녔던 국문학자 정병욱의 술회를 상기하면 윤동주의 식견 높음과 해박함은 범인의 그것을 뛰어넘는것이었다.

현재 용정에는 옛 대성중학교 터에 은진중학교와 명동중학교, 대성중학교를 기념하기 위한 건물이 있고 여러 역사적 사실들을남겨두고 찾는 이들에게 보여주고 있다. 교정에는 윤동주의 「서시

(序詩)를 새긴 기념비가 있어 오가는 이들의 옷깃을 붙잡고 있다.

　지난번 왔을 때는 필자가 동행자들을 위해 윤동주의 행적과 문학적 가치를 설명했다. 건물의 2층에서 안내하는 아가씨가 설명하는데 주로 벽면에 기록하여 붙인 것을 낭독하는 수준이라 새로운 사실을 기대하기는 어려웠다. 200여 명이 넘는 수많은 독립운동가를 배출한 학교 교정에 서보는 것으로도 가슴이 느꺼워졌다.

　가곡 〈선구자〉에 나오는 일송정(一松亭)은 용정 시내 어디에서도 보인다. 그 일송정에서 독립운동의 거사를 계획하고 만나는 걸 보기 싫어 일제가 베었는데 지금 것은 근래에 다시 심은 것이라 한다. 일송정에 얽힌 역사 자체가 책으로 기록하면 한두 권으로도 부족하다고 하니 그 치열한 투쟁사에 눈시울이 더워졌다.

　일송정 가는 길에 '녀성작가강경애문학비'가 눈에 띄어서 무엇보다 기뻤다. 강경애가 누구인가? 강경애는 1930년대에 장편소설 『인간문제』에서 노동자의 계급투쟁을 정면으로 다루었다. '선빈'이라는 주인공의 자아가 성장해가는 과정은 당시로는 말할 나위가 없고 지금의 잣대로 평가해도 주제의식이 앞서 있고 문학적 완성도가 빼어나다. 한때 국문학자 양주동과 살붙이며 지내기도 했으나 사랑에 실패하고 간도로 가서 교육기관에서 강사 노릇을 하기도 했다. 그녀의 생활은 힘들었고 매우 신산스러웠던 듯하다. 그녀는 태생은 황해도 장연이었고, 주된 활동무대는 간도였다. 대표작 『인간문제』를 동아일보에 연재한 것도 간도에서였다. 서른여덟 한참 나이에 빛과 어두움을 달리하고 살아서 한 권의 책도 상재하지 못하였으니 그 또한 가슴 아프다.

해란강(海蘭江)은 용정 시내를 가로질러 흘러 오가며 눈에 잘 뜨이나 일송정에서 그 수려한 모습을 가장 잘 볼 수 있다. 저 해란강은 용정에서 일어났던 오욕과 영광의 우리 겨레의 역사를 안고 있을 것이다. 아름다운 해란강을 일송정에서 보고 있자니 문득 복잡한 생활이 기다리고 있는 서울로 돌아가고 싶지 않았다. 그런 내 마음을 아는 듯 낮달이 일송정 위까지 따라와 어깨를 두드려주었다.

순결한 영혼
윤동주 시인의 발자취를 좇아

　윤동주 시인을 만나러 가는 날은 화창했다. 전날 교토(京都) 근교 아라시야마(嵐山) 일대를 돌아볼 때 비가 오락가락하던 것과는 딴판이다. 윤동주 시인의 혼령이 이곳 교토의 하늘에서 우리 일행을 맞이하기 위해 배려한 듯했다.

　2015년 12월 25~26 양일에 걸쳐 일본 교토를 찾았다. 애초 교토를 방문할 때는 고려미술관을 탐방할 목적이었다. 그러나 공교롭게도 내가 방문할 즈음에 고려미술관은 휴관에 들어가 부득이 일정을 변경할 수밖에 없었다. 필생을 고려 미술품을 모아서 미술관을 세운 정조문 선생의 뜻을 돌아보지 못하는 게 아쉬웠으나 이 또한 조물주의 섭리로 여겨졌다. 모든 게 선후가 있는 법, 하늘은 내게 먼저 윤동주 시인을 만나고 다음에 고려미술관을 보라는 것이다.

교토시 가미쿄구(上京区)에 있는 도시샤(同志社) 대학이 와세다(早稲田), 게이오(慶應)와 더불어 일본 3대 명문 사립대학 중의 하나라는 것을 이번에 알았다. 특히 관서 지방에서 그 이미지와 레벨이 가장 높다는 것도 알게 되었다.

이마데가와(今出川) 캠퍼스 정문에 방문 목적을 말하니 안내인이 무어라 말하며 손으로 어디를 가리킨다. 그 가리키는 바는 알아듣지 못하고 교정의 아름다움에 취하여 그냥 걷다 보니 성근 겨울나무 사이로 눈길을 끄는 건물이 있어 저절로 카메라에 손이 갔다. 무어라 말할 수 있으랴. 조촐하면서도 단순하고 또 범접할 수 없는 장엄미가 있는 건물은 길을 가면서도 자꾸만 뒤를 돌아보게 했다.

막연하게 갈 수가 없어 길 가는 이를 붙잡고 물어보려는 순간, 조그만 연못에 잉어가 한가롭게 노니고 그 주변에 작은 빗돌들이 있지 않은가. 여기가 바로 찾던 곳이다. 가슴 속 저 깊은 곳에서 무언가 올라오는 듯했다. 한눈에 왼쪽에 있는 게 윤동주 시인을 기린 빗돌이고, 오른쪽에 있는 게 정지용 시비인 것을 알 수 있었다. 천천히 아주 천천히 햇살을 맞으며 조심스레 가보았다. 감히 비석을 보는 게 감격스럽고도 두려워 연못의 잉어들을 바라보며 딴청을 하니 행복한 느낌이 조금씩 가슴을 적신다.

정지용 시비는 「압천(鴨川)」을 빗돌에 올렸다. 「압천」은 먼저 일본어로 시를 쓰고 나중에 한국어로 발표했다.

鴨川

鴨川 十里ㅅ벌에

해는 저물어… 저물어…

날이 날마다 님 보내기

목이 자졌다… 여울물소리…

찬 모래알 쥐여짜는 찬 사람의 마음

쥐여짜라. 바시여라. 시언치도 않어라.

역구풀 욱어진 보금자리

뜸북이 홀어멈 울음 울고

제비 한 쌍 떠ㅅ다

비마지 춤을 추어

수박 냄새 품어오는 저녁 물바람

오랑쥬 껍질 씹는 젊은 나그네의 시름

鴨川 十里ㅅ벌에

해가 저물어… 저물어…

「압천」은 시적 화자가 저물녘 가모가와(鴨川)를 거닐며 고향을 그리워하는 마음을 노래한 시이다. 임을 보내느라 잦아버린 여울물, 여뀌풀 우거진 곳에서 짝을 찾는 뜸북새, 남도에서 오렌지 향을 맡으며 시름을 달랬을 시인의 모습이 떠오른다. 아마 시인은 한국에 가서는 압천이 그리워 어딘가를 배회하며 몸살을 앓았을 것이다.

시비 앞에는 누군가 갖다 놓은 말라버린 꽃이 놓여 있고, 비석 아래에는 헌금한 돈이 얼마 들어 있다. 얼마나 소박하고 따스한 마음의 발로인가. 시비 뒤편을 보니 글씨는 김승애 씨가 쓰고 조각은 신동수 씨가 했으며, 정지용 시인의 시문학 정신을 기리기 위해 옥천군과 옥천문화원 그리고 정지용기념사업회가 2005년 10월 30일 이곳 모교에 시비를 세웠다.

1930년대 문학사에서 보통 운문은 정지용, 산문은 이태준을 손가락으로 꼽았다. 정지용의 시를 읽어보면 그 섬세한 언어 감각에 감탄을 금할 수 없으며, 적막하고도 맑은 종소리가 긴 여운을 남기듯 감상하고 난 뒤에 그 감회가 아련히 오래간다. 그는 한때 남에서도 북에서도 잊힌 시인이었으나 1980년대 후반 해금되었다. 납북되어 가는 도중 동두천에서 비행기에서 쏘는 미군의 기관총에 맞아서 유명을 달리했다고 누군가 증언한 글을 읽은 적이 있다. 그런데 정지용 시인의 맏아들이 1·4후퇴 때 북으로 아버지를 찾으러 갔다가 내려오지 못했다. 나중에 워커힐에서 남북 이산가족이 만날 때 남쪽에 있던 자식들과 아버지를 찾으러 북으로 간 아들이 첫 대면에 서로 아버지 안부를 물어봤다는 게 새삼스레 떠올라 가슴이 저려왔다.

윤동주 시인의 시비는 「서시(序詩)」가 빗돌에 올라 있다. 「서시」는 원래 제목이 없었다. 말 그대로 시집을 낼 때 맨 앞에 인사말 대신에 쓴 시였다. 시집을 낼 때 유족과 정병욱 선생 등 지인들이 글의 성격상 서시라 해도 무방하다고 붙였다. 「서시」는 윤동주 시인의 세계관을 잘 보여주고 있다. 시집들 가운데 서시의 성격을 가장 잘 보여주는 서시이다.

윤동주 시인은 선배 정지용 시인을 사사했다고 한다. 그의 시 세계를 흠모하고 그와 같은 시인이 되고 싶었다 한다. 윤동주 시인의 시비 앞에는 쉽게 시들지 말라고 비닐로 싼 꽃다발이 놓여 있고, 깡통 아사히맥주와 음용차가 빗돌 앞에 나란히 놓여 있다. 저쪽 세상에서 쓰라고 안이 보이는 헌금함에 동전과 지폐가 조촐하게 놓여 있다. 언제 읽어도 영혼이 맑아지는 「서시」를 소리 내어 읽어봤다.

序詩

죽는 날까지 하늘을 우러러
한 점 부끄럼이 없기를,
잎새에 이는 바람에도
나는 괴로워했다.

별을 노래하는 마음으로
모든 죽어가는 것을 사랑해야지
그리고 나한테 주어진 길을
걸어가야겠다.

오늘 밤에도 별이 바람에 스치운다.

윤동주의 증조부 윤재옥은 개화한 선각자이자 기독교 장로로 일찍이 함경북도 회령에서 솔거하여 간도로 이주하였다. 조부 윤하현 때에는 자동에서 명동촌으로 이사하였으며 자수성가하여 비교적 가세가 넉넉하였다. 윤동주 시인과 그의 동생들이 태어난 생가는 고장에서 돋보일 만큼 큰 기와집이었다.

윤동주의 외숙부 김약연은 동만주의 대통령이라 불리던 독립운동의 대부였다. 주변 사람들이 그가 세상을 뜨기 전에 남길 말씀이 없느냐고 여쭤보자, 내 삶이 곧 내 유언인데 따로 남길 말이 뭐 있겠느냐고 말씀을 남기지 않았다는 일화가 있을 정도로 그는 아주 꼿꼿한 성품을 지녔다.

윤동주 시인은 연희전문 시절에 습작한 시를 졸업 기념으로 시집을 내고자 했다. 그래서 '병원'이란 제하로 스승 이양하 선생에게 보이자, 선생은 윤동주 시인이 어떻게 될까 저어해서 만류했다고 한다. 그래서 살아서 시집을 내지 못하고 열여덟 편의 시를 가려 필사본 3부를 만들어 1부는 이양하 선생께, 1부는 같은 하숙방 동료이자 후배 정병욱 선생(고시가 연구자, 서울대 국문과 교수 역임)에게, 그리고 자신이 1부를 보관했다고 한다. 이 중 정병욱 선생한테 맡긴 게 오늘날 우리가 그의 시를 볼 수 있게 된 것이다.

정병욱 선생은 원고를 보전하기 위해 노심초사하며 학병으로 끌려가기 전 고향인 전라남도 광양의 어머니께 윤동주 시인의 "하늘과 바람과 시" 필사본을 잘 보관하라고 신신당부했다. 어머니는 지금의 전라남도 광양시 진월면 망덕리 23번지 가옥 2층 마룻장(가옥은 2007년 국가유산청 등록문화유산 제341호로 윤동주 유고 보존 정병욱 가옥으로 대한민국 근대문화유산으로 지정되었다)을 뜯고 옹기에 명주로 싸서 보관했다.

학병에 갔다가 부상으로 돌아온 정병욱 선생은 일본에서 윤동주 시인이 운명한 것을 알게 되었다. 그래서 유족과 정병욱 선생은 윤동주 시인 3주기 때 이 원고를 바탕으로 "하늘과 바람과 시" 18편, "흰 그림자" 제하의 시 5편, "밤"이란 제하의 시 7편 등 해서 정음사(1948년)에서 유고시집 『하늘과 바람과 별과 시』를 간행하게 되었다.

시비 안내 표지는 말하고 있다. 1943년 7월 14일에 한글로 시를 쓰고 있었다는 이유로 독립운동의 혐의를 입어 체포되었다. 재판 결과, 윤동주 시인은 치안유지법을 위반했다는 죄목으로 징역형을 선고받고 후쿠오카(福岡) 형무소에서 복역하던 중 1945년 2월 16일 옥사했다. 이 시비는 도시샤 교우회 코리아 클럽의 발의에 의해, 그의 영면 50돌인 1995년 2월 16일에 건립, 제막되었다. 한글로 된 「서시」는 그의 자필 원고 그대로이며, 일본어 번역은 이부키 고(伊吹鄕) 씨의 것이다.

윤동주 시인을 기리며 시비 주변을 돌아보다가 작별할 즈음에 예의 그 아름다운 건물이 다시 눈에 들어와서 가까이 가봤다. 중요문화재로 1885년 세운 예배당 건물이다. 단순하면서도 아름답고 무언가 경건한 마음을 자아내는 건물이라니, 예배당 건물이라는 것을 모르고도 사람을 잡아끄는 그 힘은 어디서 오는 것일까? 나는 한국의 명동 성당이나 전주의 전동 성당, 대구의 계산 성당 그리고 독일의 쾰른 성당이나 스페인 바르셀로나의 가우디 성당 건물들을 보았는데, 이런 건물은 처음이다. 뭐랄까, 말로 표현할 수 없는 기운이 사람을 오게 하고 저절로 옷깃을 여미고 경건하게 머물고 싶은 곳, 도시샤 대학 예배당 건물이 바로 그러하였다.

예배당 입구 문은 잠기어 있어 들어가지는 못하고, 그 앞에 이제 막 개화하기 시작하는 매화 꽃망울이 보였다. 한 해의 끝자락인 동지 무렵의 매화, 양명한 햇살에 바람은 부는 듯 마는 듯하다. 새들의 지저귐만 있고, 교정은 고요함 그 자체다.

떠나기 싫은 발걸음을 끌고 윤동주 시인이 집에서 학교에 다녔던 길을 좇아 가보기로 했다. 사전에 알아본 바에 의하면 도시샤 대학과 하숙집 가운데 시모가모 경찰서(下川署)가 있고, 하숙집에서 도시샤 대학까지는 30분 거리라고 했다. 날은 청명하고 거리에는 사람들이 더러 보인다. 도시샤 대학에서 윤동주 시인이 거처했던 다카하라(高原)까지는 길이 하나밖에 없다고 한다. 가는 도중 일본의 명문 교토(京都) 대학이 보여 잠시 발걸음을 멈췄다. 이번 여행에 많은 도움을 주고 실제 안내자인 사다케 씨는 정치적 행보를 염두에 둔 사람은 동경대를 선호하고, 학문에 뜻을 둔 자는 교토 대학을 선망한다고 일러준다. 내가 아는 어떤 분도 이곳 교토 대학에서 공부를 하고 갔는데 바로 윤동주 시인과 같은 하숙집에 동숙했던, 국문학자 정병욱 선생의 추천으로 이곳에 와서 공부했다.

길가에는 앙증맞은 커피숍들이 보이고, 작고 이쁜 화분들이 웃고 있다. 하숙집 방향을 가늠하며 얼마쯤 걸었을까, 두 개의 시내가 합류하는 게 보이는 전망이 트인 다리가 나왔다. 시모가모(下鴨) 다리다. 날은 청명하고 시야가 트여 다리 위에서 멀리 산들이 가깝게 보였다. 서울에서는 잎이 졌을 수양버들이 이곳에서는 연둣빛이다. 잘 정비가 된 가모가와(鴨川) 천변을 따라 형성된 길에는 산책하거나 운동을 하는 사람들이 간간이 보이고, 반듯반듯한 징검다리를 건너는 사람도 보였다.

윤동주 시인은 이 다리를 오가며 조국의 현실을 아파하고 식민지 치하의 문학청년으로서 무엇을 어떻게 해야 하는지 사색했을 것이다. 1941년 연희전문을 마친 윤동주 시인은 부친의 권유와 본인의 희망에 따라 1942년 도쿄(東京)의 릿쿄(立教) 대학 영문학과에 입학한다. 이러한 배경에는 전문학교가 아닌 대학을 다녀야 징병을 연기할 수 있는 것과 관련이 있다. 일본의 대학에 다니던 다수의 대학생들은 대학에 다니고 있다는 것으로 징병을 연기하고 있었다.

그런데 한국인이 일본 유학을 가기 위해서는 창씨개명(創氏改
名)을 해야 했다. 그래서 히라누마 도슈(平沼東柱)로 개명을 한 뒤에
도일을 하게 된다. 그는 이때의 혼란스럽고 괴로운 심경을 대학
노트에 「참회록」을 쓰게 된다.

참회록(懺悔錄)

파란 녹이 낀 구리 거울 속에
내 얼굴이 남아 있는 것은
어느 왕조의 유물이기에
이다지도 욕될까.

나는 나의 참회(懺悔)의 글을 한 줄에 줄이자.
－만 이십사 년 일 개월을
무슨 기쁨을 바라 살아왔던가.

내일이나 모레나 그 어느 즐거운 날에
나는 또 한 줄의 참회록(懺悔錄)을 써야 한다.
－그때 그 젊은 나이에
왜 그런 부끄런 고백(告白)을 했던가.

밤이면 밤마다 나의 거울을
손바닥으로 발바닥으로 닦아 보자.

그러면 어느 운석(隕石) 밑으로 홀로 걸어가는
슬픈 사람의 뒷모양이
거울 속에 나타나온다.

녹이 낀 구리거울은 망한 조선왕조의 유물이자 화자의 자아이다. 거울에 낀 녹을 지우기 위해 윤동주 시인은 혼신으로 반성하고 벽을 치며 몸부림쳤을 것이다.

1942년 릿쿄 대학 영문과에 입학하고 난 뒤, 방학을 맞아 북간도 용정으로 간 윤동주 시인은 교복을 벗고 베옷을 입고 어린 동생 손을 잡고 산책을 하거나 쇠꼴을 베거나 소를 먹이고 할머니와 맷돌을 돌리는 등 집안일을 도왔다.

그해 여름방학에 고향에 온 동주는 얼마 안 있어 다시 일본으로 건너가게 된다. 아는 선배로부터 다른 대학 편입 소식을 들었기 때문이다. 그래서 윤동주 시인은 도시샤 대학 영문과로 편입을 하게 된다. 연희전문을 갈 때도 부친과 갈등을 겪었으나 도시샤 영문과로 옮긴 것에 윤동주의 부친은 언짢아했다고 한다. 바로 당신이 일본에서 문학을 공부했으나 실패한 문학인으로 교사를 했던 사람으로 아들은 자신과 달리 의학을 공부하기를 바랐다.

나중에 고시가 연구자로 서울대 국문과 교수를 지낸 정병욱 선생의 글이나 성균관대 건축과 교수였던 윤동주 시인의 아우 윤일주 선생의 회고기를 보면, 윤동주 시인은 책 읽기를 좋아하고 산책하기를 좋아했다.

일본 유학 생활은 밝고 희망차야 하는데 식민지 청년 지식인에게는 그럴 수가 없었다. 릿쿄 대학 시절(1942년 6월 3일) 쓴 「쉽게 씌어진 시」에 이러한 고충이 잘 드러나 있다.

쉽게 씌어진 시

창 밖에 밤비가 속살거려
육첩방(六疊房)은 남의 나라,

시인이란 슬픈 천명(天命)인 줄 알면서도
한 줄 시(詩)를 적어 볼까.

땀내와 사랑내 포근히 품긴
보내주신 학비(學費) 봉투를 받아

대학 노-트를 끼고
늙은 교수의 강의(講義) 들으러 간다.

생각해 보면 어린 때 동무를

하나, 둘, 죄다 잃어버리고

나는 무얼 바라
나는 다만, 홀로 침전(沈澱)하는 것일까?

인생은 살기 어렵다는데
시가 이렇게 쉽게 씌어지는 것은
부끄러운 일이다.

육첩방은 남의 나라
창(窓) 밖에 밤비가 속살거리는데,

등불을 밝혀 어둠을 조곰 내몰고,
시대(時代)처럼 올 아침을 기다리는 최후(最後)의 나,

나는 나에게 적은 손을 내밀어
눈물과 위안(慰安)으로 잡는 최초(最初)의 악수(握手).

1946년 2월 13일자 〈경향신문〉에 유작으로 실린 시다. 릿쿄
대학 재학 시 대학노트에 쓴 것을 서울에 있는 친구 강처중에게
보낸 편지에 동봉된 시 5편 가운데 있던 시다. 이국땅에서 그것도
우리나라를 침탈한 나라에서 밤비 오는 소리를 들으며 윤동주 시

인은 자괴감과 무기력한 자신에 대한 자각을 했을 것이다. 그러나 시에 보이는 화자로서 그는 무언가를 기다리면서 자신을 다잡으며 긍정과 희망의 미래를 찾고자 무던히도 애를 쓰고 있다.

이번 답사의 동행자 사다케 씨는 윤동주 시인의 하숙집 가는 길은 하나밖에 없으니 일행이 걷는 길이 곧 윤동주 시인 당시에 걷던 노정일 거라 했다. 도시샤 대학에서 하숙집까지는 도보로 30분 남짓 걸린다고 했는데 한 시간을 걸어도 하숙집은 보이지 않는다. 배도 출출하고 해서 슈퍼마켓에 들어가 고구마를 사서 배를 달랬다. 맛이 기가 막히다. 노릿노릿하게 구운 고구마는 쌀쌀한 겨울날에 제법 정취를 불러일으켰다.

드디어 찾던 조형예술대학이 보여 수위실에 물으니 언덕배기에 있는 건물이 아니고 따로 별관이 있는데 바로 그곳이 윤동주 시인의 하숙집터라고 일러준다.

윤동주 시인이 지내던 곳은 말이 하숙집이지 많은 학생이 거처하던 아파트형 하숙집, 시쳇말로 다가구 주택인 셈이었다. 그러한 것을 지금의 설립자가 사서 학교 건물로 올린 것이다. 그 과정에 설립자가 한국의 윤동주 시인이 지내던 곳이라 해서 시비를 세우고 윤동주 시인을 기리는 빗돌을 세운 것이다. 다행하게도 그 설립자는 윤동주 시인의 도시샤 대학 5년 후배로 윤동주 시인을 좋아하는 분이다. 시비는 역시 「서시」다. 외로웠을 윤동주 시인을 생각하며 빗돌에 새겨져 있는 「서시」를 다시 낭독해봤다.

서시

죽는 날까지 하늘을 우러러
한 점 부끄럼이 없기를,
잎새에 이는 바람에도
나는 괴로워했다.
별을 노래하는 마음으로
모든 죽어가는 것을 사랑해야지
그리고 나한테 주어진 길을
걸어가야겠다.

오늘 밤에도 별이 바람에 스치운다.

이 「서시」야말로 윤동주 시인의 정신과 시세계를 핍진하게 보여준다. 그의 정서를 여실하게 드러내고 있다. 필생을 부끄러움이 없이 살기를 다짐하고, 여리고 약한 존재인 잎이 바람에 흔들리는 것조차 괴로워한 시인, 희망을 잃지 않고 별과 같이 아름답고 밝은 미래를 그리며 순명하고자 했던 시적 화자를 잘 드러내고 있다.

윤동주 시인의 아우 윤일주 씨와 정병욱 교수의 여동생 정덕희 씨가 가연(佳緣)을 맺은 것은 나중의 일이다. 윤동주 시인은 살아서 외롭고 힘들었으나 그를 통해 맺은 인연이 있고, 시인을 기리고 사모하는 모임이 한·중·일 여러 곳에 있으니 윤동주 시인의 순결한 영혼의 향기가 누리에 그득하다.

다음 일정을 위해 택시를 타고 가면서 기사에게 시모가모 경찰서(下川署)가 어디 있는지 물어보니 바로 지척이란다. 그렇다. 미심쩍은 게 맞았다. 윤동주 시인의 하숙집터에서 남쪽으로 5분 정도만 걸으면 가모가와(鴨川)가 흐르고 있고, 벚나무가 가로수로 서 있는 길을 따라 다시 10여 분 동쪽으로 가면 시모가모 경찰서가 있다. 도시샤 대학에서 곧장 길을 가다가 시모가모 다리에서 왼편으로 꺾어 가모가와를 따라 길을 가면 윤동주 시인의 하숙집이 나온다.

택시 안에서 시모가모 경찰서를 바라보며 윤동주 시인이 짐만 부치고 돌아가지 못한 북간도 용정이 생각났다. 도쿄에 있던 윤동주 시인의 당숙 윤영춘이 윤동주 시인이 취조를 받던 시모가모 경찰서를 찾았을 때, 담당으로 있던 '고오로기'란 형사가 윤동주는 당시 쓴 일기와 원고를 번역하고 있으며, 매일 산책이 허락된다고 하고, 곧 나갈 것이니 안심하라고 했다는데… 거짓말이었다. 정황을 살펴보면 일기와 원고를 일본어로 번역하게 했다는 것은 그 내용을 증거물로 채택하기 위한 일환인 것이다.

윤동주 시인과 동갑내기 고종사촌형인 송몽규는 각 2년 언도를 받고 후쿠오카 형무소에 투옥되었다. 거기서 알 수 없는 주사를 맞으며 마치 모르모토 모양 실험당하다가 운명하였다.

"2월 16일 동주 사망 시체 가져가라"는 전보를 받고 유해나마 찾으러 갔던 윤동주 시인의 아버지와 당숙이 송몽규를 면회하니 그도 이름 모를 주사를 맞고 피골이 상접한 상태였다고 한다. 윤동주 사망 20일 뒤 송몽규도 운명하게 된다.

윤동주의 아버지와 당숙이 윤동주 사망 전보를 받고 후쿠오카로 유해를 수습하러 간 뒤, 북간도 용정 그의 집에는 인쇄물 한 장이 배달되었다. "동주 위험하니 보석할 수 있음. 만일 사망 시에는 사체는 가져가거나 그렇지 않으면 규슈(九州) 제대에 해부용으로 제공함. 속답하시압"이란 내용이었다. 사망 전보보다 10일이나 늦게 온 이 인쇄물을 본 집안사람들의 원통함은 말로 표현할 수 없었을 것이다.

한 서린 시모가모 경찰서를 바라보며 발걸음을 옮겨가는 가모가와 강변은 벗나무들이 늘비하였다. 어쩌면 윤동주 시인이 취조를 받는 당시에도 벗꽃들은 찬란하였을 것이다. 이런 상념을 하니 앓는 사람 모양 가슴 이곳저곳이 쿡쿡 쑤시고 저리며 아파온다. 그렇게 윤동주 시인은 '백골 몰래 또 다른 고향에 갔'다. 한 줌의 재가 되어 아버지의 품에 안겨 고향 간도로 돌아갔다.

교토의 거리는 깨끗하고, 하늘은 눈부시게 푸르렀다. 윤동주 시인이 저 하늘 어디에선가 자신의 자취를 좇아 헤매는 우리를 보고 있는 듯하다. 윤동주 시인이 거닐었던 가모가와(鴨川)의 냇물이 눈물인 양 반짝인다.

제2부

시가 찾아왔다

내가 시를 쓰는
열 가지 이유

시가 나를 찾아온 게 어느 때였나. 아마 초등학교 4학년 즈음이라는 생각이 든다. 당시 여름방학 숙제에 식물채집, 퇴비 얼마, 동시 몇 편 등이 있었는데 예나 지나 놀기 좋아하는 나는 개학 하루 전날에 밀린 한 달 치 일기를 한꺼번에 쓰기도 하고, 적당히 말린 퇴비를 새끼줄로 묶기도 하며 개학 맞을 준비를 하고 있었는데, 당최 동시 쓰기는 안 되는 것이었다. 아무리 뻔뻔하고 염치없는 놈이라 해도 교과서에 나오는 동시를 내 시라고 베껴갈 수는 없는 노릇이었다.

그래서 교대를 나와서 초등학교 교사를 하고 있는 숙부의 책상을 보니, 영일 어느 학교에서 교생실습을 마칠 때 그곳 아이들이 써서 선물로 증정하여 받은 등사본 동시집 한 권이 보였다. 그 중에서 3편을 베끼고 나니 일단 적이 안심이 되었다. 왜냐하면 내가 사는 곳보다 더 깡촌인 영일 촌놈들이 쓴 것이었고, 그런 촌놈들이 쓴 것을 우리 선생님이 아실 것 같지 않으니 적당히 내가 썼다고 우기면 될 것도 같았다. 그러나 한편으로는 촌놈들이 쓴 시치고는 좀 세련되어 보이는 게 마음 한구석에 켕겼다.

그렇게 방학 숙제를 해내고 얼마쯤 지난 뒤에 선생님께서 나를 불러서 그 시 네가 쓴 거 맞느냐고 물었다. 나는 베꼈다고 하면 혼날 줄 알고 "네"라고 당당히 대답을 하고 머리를 긁적이며 교실로 돌아왔다. 선생님께서 정말로 네가 쓴 거냐고 말씀하셨을 때, 아니라고 잘못했다고 대답했더라면 인생이 달라졌을 텐데…

그 일이 있고 난 뒤 며칠 후 나는 학교 대표로 군내 백일장에 나가게 됐다. 글제는 '고추잠자리'였는데 얼굴을 시뻘겋게 해가면서 어떻게 글을 만들어냈다.

백일장에 참가하고 난 뒤 은근히 그 결과가 궁금했는데 한 달쯤 지난 어느 날, 선생님 자리에 일이 있어서 갔다가 선생님이 계시지 않은 책상 위에 백일장 결과 통보로 놓여 있는 내 글을 우연히 보게 됐다. 내 글 여기저기에 붉은 줄이 쳐져 있고, 아이답지 않은 노숙한 표현이라는 둥, 동시답지 않다는 둥 하는 평을 보게 되었다. 얼굴이 화끈거렸고, 거짓말한 게, 글을 잘못 베껴 쓴 게 후회되고 또 후회되었다.

나중에 알게 되었지만 영일 촌놈들의 동시라고 베낀 시편은 윤동주의 동시도 있었고, 또 신문에 나기도 한, 꽤 이름 있는 상을 받은 작품도 있었다. 그 촌놈들이 다른 사람들의 작품을 베낀 것을 내가 또 베껴서 숙제로 낸 것이었다.

그렇게 시는 내게 왔다. 그 게 계기가 돼서 이듬해 다시 군내 백일장에 나가게 되었고, 거기서 나는 지난해와 달리 입선인가 특선인가를 했고, 다음 해에는 더 큰 상을 받았다. 「거미」, 「구름」 같은 내 글이 교사들의 기관지인 〈새교실〉에 실리기도 했다.

내가 다닌 고등학교 문예반은 어릴 때 베껴 쓴 내 행위가 우연한 게 아니란 걸 보여줬다. 교과서에 나오는 시는 공부를 하지 않고 신춘문예에 등단한 시인들의 시를 공책에 베껴놓고 외거나 하며 장차 나도 그렇게 될 거라는 착각에 빠졌다. 그때 왼 시로는 김수영의 「거대한 뿌리」도 있었는데 '나는 지금 버드 비숍 여사와 연애하고 있다. … 아이스크림은 미국×, ×대강이나 빨아라. …' 하는 구절을 큰 소리로 외며 다니곤 했다. 뭔가 시는 이래야 된다는 생각이 들었다. 그리고 신동엽의 「껍데기는 가라」도 외웠다. 힘이 철철 넘치는 강개한 목소리가 몸으로 전해졌다. 신동엽(申東曄)의 曄자를 '엽'으로 읽지 못해 '화'로 오독을 하면서도 마냥 좋아했다. 신동엽의 시편들은 그 뒤 대학원 석사과정 때 학위논문(알맹이 정신의 시적 변용−신동엽론) 제재가 되기도 하였다.

그 당시 대학은 가지 않고 시골로 귀향하여 시만 쓰며 살려고, 시를 쓰다가 죽어도 좋다는 치기 어린 말도 하고 다녔는데, 지금 생각해보니 정말 그렇게 살려고 하지는 않았고, 그런 말을 하면 다른 이들이 나를 그럴싸하게 여겨주길 바라지 않았나 생각한다.

국문학과에 들어가서 신춘문예나 신인상에 여러 차례 응모를 하여 결심에 몇 차례 오르기도 하였으나 최종 선에 든 적은 없었다.

먹고 산다는 핑계로 시와 멀어지기도 하였으나 시를 잊고 산 적은 없었다. 그러다가 늦깎이로 모 계간 문예지에 신인작품상을 받아 문학 동네에 발을 붙이게 되었다. 시 쓰는 행위를 어릴 때처럼 죽어도 좋다고 치기 어린 생각을 하며 쓰지도 않고, 내 인격의 장식물이라고도 생각하지 않는다. 다만 게으른 내 천성에 분발이 되는 그 무엇이 와서 한 번 제대로 내재된 뜻을 발현해보고 싶은 바람은 있다.

어느 날, 같은 직장에 몸담고 있는 시백(詩伯) 백 선생께서 강남의 모 문학회에 한 번 놀러 가자고 해서 따라나선 게 이 꿈을 이뤄줄 계기가 되리라 믿는다. 초등학교 때 동시 한 번 잘못 베껴 인생의 방향이 정해진 것 마냥, 우연한 걸음에 머물게 된 이 문학회에서 뿌리를 튼실하게 하고 줄기를 곧게 하여 제대로 한 번 기지개를 켤 생각의 똬리를 트는 것은 과대망상일까, 치기 어린 마음의 번갯불일까.

내 주변에는 이름만 대면 알 만한 유명 문인들이 더러 있다. 그들을 보아온 내게 이곳 동네의 문인들은 소박하며 은근하다. 정취가 있다. 매명을 하지 않고 조촐하게 사는 이들과 지내며 나도 그 향기를 나투어보겠다는 생각을 한번 해본다.

이 시
이렇게 썼다

목침(木枕)

1908년 무신년/戊申年 동짓달 초닷새, 감나무가 많은 첩첩 두메에 한 사내아이가 나다.

1910년 나라가 웃음을 잃다.

1919년 아우내에서 일어난 만세 운동이 방방곡곡 들불로 번지다.

1923년 세는 나이 열여섯, 순흥 배다리에서 오얏꽃 같은 색시와 청사초롱을 밝히다.

1929년 인생에 주춧돌을 놓다. 큰아 태어나다.

1933년 딸년 나다. 이름은 짓기 뭣해 그냥 본관 횡성橫城으로 호적에 올리다.

1945년 나라가 저들의 굴레에서 벗어나다. 사물이 옛 빛을 회복하다.

1950년 생각이 달라 남과 북이 상잔하다.

1951년 농림고보 나온 막내아우로 인하여 계수씨는 감옥에 가고, 조카 진국과 진원, 질녀 정자가 서울에서 장호원을 거쳐 찬샘골로 찾아오다. 진국이 열한 살, 진원이 여덟 살, 정자가 다섯 살이다. 무명실로 주소를 바느질한 윗도리를 걸치고 육백 리 길을 걸어오다.

1953년 막내아우가 행방불명되다.

1965년 시집간 딸년이 산후통으로 가다. 큰아가 슬피 울며 대숲에 가서 피를 토하다.

1967년 정미년丁未年 시월, 대들보 무너지다. 가슴앓이 하던 큰

아가 세상을 뜨다.

1972년 남과 북이 갈라선 뒤 처음으로 통일에 대해 함께 성명하다. 행방불명된 아우가 북에 있다면 만날 수 있다는 희망을 갖다.

1983년 계해년癸亥年 여름, 아내가 시난고난 앓다가 유명을 달리하다. 초상 때 비가 많이 오다.

1992년 막둥이에게서 난 손자 둘과 손녀가 동해고속국도에서 변을 당하다. 살아가는 게 날로 죄가 되다.

2007년 정해년丁亥年 동짓달, 생일을 사흘 앞두고 고락苦樂을 함께해온 물건과 작별하다. 염할 때, 고무 밴드로 묶은 비닐에 주민등록증과 사만 원 남기다.
ㅡ「목침」 전문

아홉 살에 아버지가 돌아가셨다. 아버지가 없는 외로움을 할아버지께서 사랑으로 달래주셨다. 네 살 많은 사촌 형이 있었으나 장손으로 태어난 나는 집안의 각별한 관심과 사랑 속에 어린 시절을 보냈다. 폐결핵 환자인 아버지는 의도적으로 나를 가까이 하지 않았고, 격리된 방에서 따로 지냈다. 그런 아버지를 대신해 할아버지는 봄이면 참꽃을 보러 동산으로 데리고 다녔다. 집에서 수 킬로미터 떨어진, 새로 건설하는 경북선 선로를 놓는 공사 구경도 시켜줬다. 재건대라 하여 푸른 수의를 입은 사람들이 선로 공사를 하던 모습도 기억에 남아 있다.

할아버지는 내가 초등학교를 들기 전 나를 앞세우고 이십 리도 넘는 길을 걸어 숙모님 친정으로 소를 빌리러 간 적도 있다. 나를 커다란 황소 등에 태우고 당신은 고삐를 잡으셨다. 우리 집과 숙모님 친정 사이에 내성천이 있는데 소를 빌려올 때는 얕은 물이었다가 소를 다 쓰고 돌려주러 갈 때는 비가 많이 와서 물이 불어나 난감한 적이 있었다. 할아버지는 나를 소등에 올리고 잠방이를 걷어붙이고 강을 건넜다. 내성천은 모래강이어서 건너다가 쑥쑥 빠지기도 했으나 소는 깊은 물도 잘 헤엄쳤다. 강을 건넜을 때 나는 소등에서 미끄러져 목에 걸터앉아 양손으로 뿔을 잡고 있었다. 내가 뿔을 잡고 목에 걸터앉아 있는데도 황소는 순하게 가만히 있었다. 할아버지는 굳은 표정이 되었으나 소한테 와서 목을 긁으며 나를 안아 내려주며 안도의 숨을 내쉬었다.

초등학교 다니던 일학년 초겨울, 가벼운 눈이 내렸다. 그걸 본 아버지는 삼촌 한 분에게 내가 가는 길을 쓰라고 시켰다. 어린 마음에도 부끄럽고 창피했지만 삼촌은 장자인 아버지의 뜻을 거스를 수 없었다. 한 1.5킬로미터쯤 되는 산길을 쓸고 거리를 쓸었다. 내가 교문으로 들어가는 걸 보고 삼촌은 한껏 웃으며 걸음을 돌렸다.

한번은 운동회 때 어머니 등에 업혀서 달리기를 하는 시합이 있었다. 어머니와 숙모가 뭔가 쑥덕쑥덕하더니 어머니 대신 숙모가 나를 업어서 뛰기로 작전을 세웠다. 드디어 차례가 와서 달리기를 하는데 공부나 씨름 등 여러 방면에서 내 경쟁자이자 동무인 면장댁 아들도 함께 뛰게 되었다. 숙모가 나를 업고 뛰는데 앞에 친구들이 저만치 가고 있고 예의 그 친구가 맨 앞에 달리고 있었다. 뚱땡이 그의 어머니가 아니라 나이 차가 많이 나는 젊은 누이가 업고 뛰고 있었다. 나는 숙모 등에서 빨리 뛰라고 채근했다. 시집온 지 얼마 안 되는 숙모는 처음엔 수줍어하다가 내가 소리치며 빨리 뛰라고 하자 힘을 내어 단숨에 앞을 잡고 1등을 하였다. 뒤에 나는 달리기를 잘해서 학교 대표로 군 대회에도 나가고 운동회 때면 청백전 이어달리기에 마지막 주자로 뛰기도 했지만, 초등학교 1학년 운동회 때 숙모님 등에 업혀서 1등을 한 그날의 일은 추억의 밑바닥에 견고하게 자리 잡고 있다.

사랑과 관심 속에 어린 시절을 보내고, 못하는 공부를 한답시고 대구로 서울로 떠돌았다. 먹고 살기 위해 서울에서 40년을 넘게 지냈다.

할아버지께서는 2007년 100살 되던 해 생일을 사흘 앞두고 생을 마쳤다.

할아버지께서 가시고 한문전문교육기관에서 〈춘추〉를 읽다가 〈춘추〉의 표현 서사 형식에 시를 얹어보면 어떨까 생각하고 실행에 옮긴 게 「목침」이다.

주지하듯이 〈춘추〉는 전해 내려오던 기록을 공자께서 산삭했다고 한다. 글이 간결하고 군더더기가 없다. 신하가 왕위를 찬탈한다거나 참람되이 굴었다면 그에 대한 기록을 깎아 없앴으며, 당연한 것은 기록하지 않았다. 여름에 비가 많이 내렸다거나 백성들의 삶이 화평한 걸 굳이 기록하진 않았다. 그러나 제후가 농한기가 아닌 농번기에 성을 쌓아서 천자의 의심을 사게 되어 다른 제후의 공격을 받았다면 기록을 하고, 여름에 큰 눈이 내리거나 우박이 많이 내리면 기록을 했다.

「목침」 시를 쓰면서 가족사만 넣으면 밋밋할 것 같아서 나라에 변고가 있거나 기록할 만한 가치가 있는 것은 흐름을 함께했다.

할아버지를 중심에 두고 곡절 많은 우리 집안의 가족사를 씨줄 날줄로 넣었다. 이렇게 쓴 게 「목침」이다. 그리고 「목침」을 첫 시집의 표제로 삼았다.

가자미식해를 기다리는 동안

속초 아바이촌 어물전 명자네 가게에 가자미식해를 부탁해 놓고
그 가자미식해가 미시령을 넘어 서울의 내게 오기까지
고향이 청진인가 북청인가
술을 마시면 한껏 굴곡진 함경도 사투리를 쓰던
수학을 가르치던 이 아무개가 찾아오길 기다린다.
그이는 이젠 나를 만나러 올 수 없고
또 올 수 없는 걸 알지만

그곳에서 가자미식해를 먹으며

가자미 둥근 눈처럼 쌍꺼풀이 굵게 진 커다란 눈을 껌뻑이며

–이보라우 한 잔 들라

할 것만 같아

나도 이곳에서 가자미식해를 시켜놓고 그를 기다리는 것이다.

가자미식해는 기다리더라도 금방은 오지 않고 또 오더라도

그가 오지 않는 것은

기다림이 부족한 나를 시험하거나 뒤늦게 나타나

반가운 건 이런 거라고 보여줄 것만 같아

인내심을 갖고 기다린다.

미시령을 넘어 가자미식해가 내게 오기까지

청진 앞바다 파도소리 같은 그를 기다리는 건

쓸쓸하면서도 아름다운 일이다.

술이라도 한잔 들어가면 그 파도소리는 더 굴곡질 것이고

눈발이라도 듣는다면

그와 나는 어깨동무를 하고 허청거리며 청진으로 갈 것이다.

현실은 각박하여

그가 나와 함께 가자미식해를 먹으러 이곳으로 오거나

내가 그곳으로 그를 만나러 가기는 어려울 것이다.

그러나 가자미식해를 고개 너머 저쪽에 시켜놓고 기다리는 것은

세상엔 내가 아는 것보다 모르는 게 더 많고

그 모르는 것 속에 그가 내게 오거나 내가 그에게 간다는 게 있고

또 불가능할 것도 같지 않아 기다려보는 것이다.

그러고 보면 가자미식해야말로 오묘한 존재인 것이다.

가자미식해를 기다리는 동안 그가 내게로 오고

가자미식해를 먹다보면 어느새 그가 떡하니 내 앞에 앉아

큰 눈을 껌뻑거리며 술잔을 권하는 걸로 보아

가자미식해엔

남과 북이

이승과 저승이

너와 내가

없다.

－「가자미식해를 기다리는 동안」전문

학부모들을 모시고 공개 수업을 할 때였다. 학생들은 시를 공부할 단원을 준비하고 있었다. 학원 수업에 익숙한 학생들은 시험에 나올 것만 가르쳐주길 원하고 배경이나 주변적 상황에는 별로 관심이 없다. 오히려 교실 뒤편에서 참관하는 학부모가 수업을 경청하고 열심히 메모했다. 학생들이 질문에 대답을 잘하지 못하면 가끔 그게 학부모에게 갈 때도 있다. 학부모들은 당황하면서도 즐거워했다.

위의 시는 공개 수업을 대충 마무리하고 남은 시간에 학생들과 학부모에게 보여드려 봤다. 10여 분 만에 초고를 *끄적거리고* 조금씩 나아가며 이루어진 것이다. 10여 분 만에 썼다 하니 학생

들이 놀라워했으나 내 경우는 시를 너무 무겁게 접근하지 않을 때 전개가 자연스럽고 편한 듯하다.

시에 등장하는 이 아무개는 같은 직장에서 가깝게 지내던 분이었다. 수학을 가르쳤는데 가슴을 앓았고 술을 좋아했다. 나보다 여섯 살이 많으니 1952년생 용띠이다. 그의 아버지는 함경북도 북청군 이원면에서 내려온 분이었고, 전쟁이 끝나면 돌아갈 사람들이 모여 살던 강원도 속초의 아바이촌 근처에서 낡은 배를 수리하고 칠을 해주는 일을 했으니 다른 아바이들보다 살림이 윤택한 편이었다.

그 이 아무개가 가자미식해를 좋아했는지는 잘 모른다. 개인적으로 주로 주문진 어시장에서 가자미식해를 시켜서 먹었다. 모두에 나오는 명자네 가게는 실제 아바이촌에는 없다. 수더분하고 흔한 이름으로 적당히 만든 것이다.

가끔 설악산을 오르고 나서 속초 중앙시장에 가서 회에 술을 마시고 얼큰해지면 가자미식해를 사서 서울로 왔다. 서울에서 속초에 가자미식해를 시켜도 이젠 미시령을 넘어오지 않는다. 미시령 아래로 굴이 뚫렸으나 춘천으로 양양으로 고속도로가 났으니 그리로 오는 게 나을 것이다.

가자미식해는 발해 때 혹은 그 전부터 먹던 음식이었다. 태평양 연안을 감고 돌아 우리나라 포항 부근까지 내려온 것 같다. 명태식해도 있고 갈치식해도 있다.

이 아무개는 오십 무렵에 온 곳으로 돌아가 버렸다. 그는 술을 마시면 사투리를 더 심하게 구사했다. 병을 앓고 있어도 목소리는 기차 화통을 삶아 먹은 듯 우렁찼고 사나이다웠다. 투박했으나 결이 고운 면이 있고, 정이 넘쳤다. 우연히 이런 인연과 음식을 연관해 생각하던 바를 한 번 드러내 봤다고 하겠다.

제목도 시집을 낼 때는 "가자미식해"로 했으나 "가자미식해를 기다리는 동안"이 더 적절한 듯해서 고쳤다. 시집을 낼 때 제목이 마뜩잖아서 고민하다가 정대호 시인에게 꾸러미를 보냈더니 "가자미식해를 기다리는 동안"으로 하라고 조언했다. 그래서 표제로 삼았다.

봉명암(鳳鳴庵)

경주 남산
아래 가면
법일(法一) 생각난다.

외롭고 힘들 때
고기 끊고 술 사주며
위 없는 말씀 들려주던
내 곁에 잠시 왔던
눈 큰 부처님

주환아!

– 〈봉명암〉 전문

김주환은 중학교 동창이다. 법명은 법일(法一)로 백용성 스님의 손 상좌요 도문 스님의 상좌다. 서울 종로3가의 대각사와 예술의 전당 부근의 대성사에서 그를 보기도 했고, 부산 어느 절에서 그를 만나기도 했다.

교육운동을 하다가 해직되어 떠돌 때 나를 만나면 데리고 맛있는 걸 사줬다. 기장꼼장어를 사주거나 경주 보문단지 근처의 쇠고기집을 데리고 가기도 했다.

책을 좋아해서 많이 사서 읽었는데 다방면에 관심을 갖고 있었고, 특히 미학에 관심이 많았다.

사진 찍기를 좋아해서 대통령상을 받기도 하고, 서울 길상사 등에서 전시를 하기도 했다. 경주 남산의 선각육존불인가 하는 작품이 내게 한 점 있다.

그는 어릴 때는 부랑스럽게 놀기도 했고 이웃 동네에 놀러 다니기를 좋아했으나 출가를 하고 난 뒤에는 불법을 따르며 대중교화를 잘해서 신도가 많이 따랐다.

여러 절에서 납자로 지냈으나 늦게 경주 남산 자락에 터를 마련하고 불사를 해서 이름을 봉명암(鳳鳴庵)이라 했다. 예술적 안목이 빼어나서 어두운 내 눈을 밝게 해줬는데 특히 경주 남산에 대해서는 남달랐다.

그를 존경하며 따르던 한 신도가 불사에 쓰라고 추사(秋史)의 대련(對聯)을 희사했는데 그 판로를 알고자 내게 전화를 한 적도 있었다.

작은 것에 걸리지 않았고 멀리 보았으며 활달하고 다사로웠다. 편하고 좋은 날, 경주 남산 자락에 있는 그와 함께 동해 쪽을 함께 여행하면서 좋은 말씀을 듣고자 했는데 홀연 떠났다. 절을 찾는 신도들을 위해 황토방을 지었는데 그 공사가 잘되었는지 점검차 방에서 자다가 그리된 것이라 했다.

어릴 때 동무였고 출가자의 거울이 될 만한 눈 푸른 납자였다. 그와 함께 여행하는 일은 다음 생으로 미뤘다. 삼가 아미타부처께 그의 평화를 빈다.

낙백한 영혼에서 떠도는
몸으로 살아가며*

1)

마땅한 비상구가 없었다. 질식할 듯 암울한 분위기, 거리의 가로수는 옷을 바꿔 입었으나 마음은 늘 회색으로 우중충했다. 파견 나온 형사가 학생회관에서 오가는 학생들 동태를 살피거나 잘생긴 부처님 상호가 보이는 다향관 아래 구두 닦는 벤치에 앉아서 교정을 사찰했다. 간간이 누가 잡혀갔다. 너도 조심하라고 바람이 일러줬다. 그러니 우리는 고향을 잃어버린 실향민이나 진배없었다. 늘 흘러 다녔고 갈 바를 찾지 못하고 여름밤 부유하는 하루살이로 지냈다. 문학을 한다는 것이 사치스럽게 느껴졌고, 그렇다고 모진 세월을 감내하고 묵묵히 도서관에 앉아서 미래를 기다

---

* 『장항읍』, 임승민, 작은숲

리고 있기에는 너무 젊었다.

　우리는 퇴계로5가 후미진 이층집, 바람에 몰려 갈 곳 잃은 가랑잎이었다. 그곳에서 권좌에 앉아 있는 독재자를 안주 삼아 술을 마시고 지나가는 선후배를 불러들여 술추렴을 하거나 아니면 서로 으르렁거리다가 그것도 성에 안 차면 사소한 걸로 옆자리에 있는 사람들과 싸움질을 했다. 항상 정신이 갈 때까지 술을 마셨다. 마시면 속이 부글부글 끓던 일명 카바이트 막걸리를 마시고 뒷간에 가서 토하기가 일쑤요, 급하면 그 자리에 실례도 했다.

　말이 이층집이었지 시멘트로 도배를 한 반지하 공간엔 세월에 퇴락한 검게 그을린 주방이 있고, 홀에는 연탄불을 넣고 음식을 데워 먹을 수 있는 둥근 탁자가 몇 개 놓여 있었다. 일층은 여유 공간이 없이 출입구 옆 뒷간을 오른쪽으로 돌아보며 삐걱거리는 짧은 나무 계단을 오르면 예의 이층집에 상자 같은 방이 있었다. 이 방은 술자리 합평회의 성소였다. 술 마시다가 기분 나쁘면 엉겨 레슬링을 했고, 운동권과 프락치가 섞여 치고받고 난투극을 벌이던 곳이었다. 그곳은 소위 국문과 학생들의 '나와바리'였다. 타과 학생들은 이 마피아 소굴 같은 곳을 꺼렸고, 힘깨나 쓰는 사람들이 오더라도 낭패를 보고 꼬리를 말고 돌아갔다.

　술값이 없으면 외상을 달아놓고 갔다. 외상 술값을 제때 갚지 못하고 졸업을 하면 취직을 해서 첫 봉급을 받아서 갚으러 갔다. 많은 사람들이 이 집을 거쳐 갔고, 그리고 쌓인 술값을 갚으러 돌아왔다가 후배들에게 한잔 사주고 돌아들 갔다. 가난했지만 이층집 술값 떼먹은 사람들 소식을 들은 바는 없다.

> 떠도는 몸이라서 사랑마저도/ 내 마음 내 뜻대로 하지 못하고/
> 한없는 괴로움에 가슴 태우며/ 잊으려 애를 써도 발버둥쳐도/ 잊
> 을 수 없는 여인 내 마음의 여인//
> 못 씻을 상처 입고 그대를 두고/ 떠나야 하는 사정 말 못 할 사
> 연/ 한 맺힌 가슴안고 나는 가지만/ 이 목숨 지기 전에 다하기 전
> 에/ 잊을 수 없는 여인 내 마음의 연인
> – 이미자 노래 〈잊을 수 없는 여인〉

술자리의 마무리는 애국가 대신에 이 노래로 갈음했다. 어쩌
다 술 마시는 중간에 이 노래를 부르다 보면 길 가던 나이가 지긋
한 분이 술값을 내주고 가곤 했다. 신분을 밝히지도 않고 손을 흔
들며 격려하고 갔다. 나중에 술집 사장이 "오늘 술값은 너들 선배
님이 내고 가셨다"고 낮은 목소리로 알려주곤 했다.

1970년대 말에서 1980년대 초의 충무로와 퇴계로는 어두웠
다. 경찰들과 거리에서 대치하고 화염병이 꽃불을 일으키고 최루
탄이 젊은 영혼들의 몸을 갉아먹었다. 시너와 휘발유를 적당히
섞어 소주병에 담고 두루마리 화장지를 말아 주둥이를 막고 담뱃
불로 불을 붙여 날리며 청춘을 보냈다.

오토바이와 애완견 집들이 늘비한 퇴계로와 충무로 거리는 저
잣거리 모양 오가는 사람들로 번잡했고, 문화적 여유를 누릴 만

한 의지처가 마땅히 없었다. 이 거리를 떠돌며 꽁치 한 마리 더 주던 진양상가의 '호남선'을 가든지 비가 오면 냄새가 골목길까지 나와 손짓하며 부르는 충무초등학교 옆 '홍탁집' 등을 배회했다.

대한극장 맞은편 골목에 즈음한 충무로 파출소나 명동 가는 길목에 있는 중부경찰서에 우리는 무던히도 드나들었다. 술 마시며 싸우다가도 갔고, 독재자를 욕했다고 잡혀서 백차에 달려갔다.

2)

임승민 시인이 살던 미아리 집에 몇 번 간 적 있다. 판박이 같은 고만고만한 단독 가옥이 모여 있는 동네였다.

한번은 술을 마시고 임승민의 집에 가서 유숙을 하고 나오다가 그가 커버를 씌운 차를 가리키며 아버지 차라고 한 적이 있어 놀란 적이 있었다. 호롱불 밑에서 책을 읽다가 1970년대 초에 전기가 들어오고 손잡이가 있는 전화기를 돌려 교환수를 불러 통화를 하던 두메에서 온 내게 자가용은 다른 세계의 물건이었다.

그의 아버지가 수유리에 수백 평의 대지를 구해놓고 집을 지으려 하는 과정에 임시 거처로 미아리에 살았다는 건 나중에 임시인에게 들었다. 그 후 그는 신반포의 잠원동 아파트에 여러 해 살기도 했으나, 어찌된 영문인지 임승민을 떠올리면 미아리 동네가 따라온다.

후박나무 그늘 옹기 항아리 뚜껑에서

장독대 돌 틈 민들레 하나 노란 위로

툭 빗방울 튀어 내리는 저물녘이었다

– 「아버지」 전문

아버지에 대한 회상을 한 이 짧은 시는 많은 생각을 하게 한다. 구체적으로 무엇을 말하려고 하는지 가늠은 되지 않으나 쓸쓸하고 정겨운 풍경이다. 후박나무가 있는 여느 가정집 소박한 뜨락 장독대에 민들레는 하늘거리며 얼굴을 내밀고 있다. 아마 성장기 시인의 집 모습이었을 게다. 어린 그가 연약한 민들레 같은 존재라면 아버지는 민들레에게 반가운 빗방울일 것이다. 그러나 이젠 그의 곁에 부재하는 아버지는 저물녘 시인의 가슴에 문득 떨어져 내리는 빗방울이 되었다.

지나간 시절의 풍광은 시인에게 내면화되고 그리움이 되었다. 쓸쓸하지만 아름답고 마냥 슬프지만은 않은 이 풍정은 정글 같은 세상을 살아가는 임승민 시인에게 힘이 되기도 했을 거다.

40여 편을 묶는 시집에 유독 아버지에 대한 글이 많다. 그만큼 시인에게 쌓인 게 많다.

벌겋게 스러지는 연탄을 갈아 넣었다

한나절이 식은 재를 들어내고

구멍을 맞추는 집게로 시선들이 모였지만

굳게 닫힌 철문 옆 대기실은

연탄 두 장의 난로로는 너무 추웠다

덮개가 달아오를 때까지 또 한참을

철문을 후려치는 바람만 바라보고 있었다

휑한 벌판 저린 바람만큼이나 높이 얽힌 가시철망들과

담벼락에 웅크린 행상아줌마의 까맣게 튼 손과

면회실 둥근 원으로 뚫린 작은 구멍들 사이

잘있다 다신 오지마라

세 마디로 돌아서던 아버지의 옆모습 뒤로

가끔씩 철문이 열리면

대기실 희미한 유리창 밖에서는

눈길이 마주치면 서둘러 외면했던

기다림의 일행들이 시간과 함께 흩어지고

난로의 온기를 몰아 벌판으로 빠져나가는 저녁이

밤과 추위와 침묵만 남겨 놓은 채

대기실을 다시 기다림으로 채울 즈음

퀭한 눈으로 철문을 나설 아버지의

허연 턱수염이 이 밤눈과 잘 어울릴 것이라 생각하며

저렇게 흔들리는 가지는 눈조차 쌓지 못함을 깨달으며

가시철망 너머에서 저 가지처럼

가는 다리로 펄럭거리고 있을 아버지의

언 두부를 들고

휘몰아치다 흩어져버리는 눈들도 이제는

이 어둠 안으로 내려 쌓이기를 지켜보고 있었다

　－「언 두부」 전문

　글줄을 따라가다 보면 금세 알게 될 것이다. 세상과 격리되어
있던 아버지를 두부를 들고 기다리는 상황을 그려내고 있다. 전
후사정은 물론하고 무거운 분위기 속의 아버지는 시인의 삶 속에
그늘로 앉아 있고, 아버지를 생각하면 언 두부를 들고 기다리던
자신의 모습이 객관화될 것이다. 이제는 이 또한 시인의 내면 풍
경 중 하나일 뿐이다.

　틀니가 기억 끝에서 삐걱거렸다
　목련이 얕은 숨을 헐떡거렸다
　아주 작정들을 했다

　－「봄 틀니 수제비」 부분

　앞은 중동무이했으나 화사한 봄의 대표적 화신(花信)인 목련이
망측하게도 틀니나 수제비라니 상상력이 빼어나다는 생각에 앞서
기괴하면서도 아프다. 이렇듯 시인의 내면은 기하학적이요 추상
화된 그림으로 드러나기도 해서 읽는 이를 자못 무겁게 한다.

　그해 내 욕지거리는 찬란했다
　입술이 스멀거리는 날이면 여지없이 눈을 뒤집고 땅바닥에 꽂

혀 성대 물린 개처럼 컥컥 간질을 시작했다 쌍욕을 날리고 싶었
지만 구더기만 잔뜩 물고 나자빠져 즐거운 곳에서는 흥얼거리던
봄도 기억 한나절이 잘려나가고 어둑한 병원 침대에 몸통이 붙
었다 맥없이 침만 흘리다가 난 굳게 다짐했다 반드시 쌍욕을 날
리며 자빠지리라

열두 살 대가리 기발한 난 간질을 통제하고 욕지거리에 몰두했
다 비밀리에 하나를 완성해냈고 입술이 스멀거리는 날 재빨리
씹어 날렸다 씨발 즐거운 것들

찬란했다 난

그로부터 세상 모든 즐거운 것들을 향하여 컥컥 신랄하게 발작
해 주었다
— 「즐거운 나의 집」 전문

이 글을 읽으면서 유복한 임승민 시인을 부러워한 자신을 경
솔하다고 생각하게 됐다. 시집 도처에 불탄 자리 모양 생채기가
드러나 보인다. 그의 유년은 힘들었다. 간질이라니, 내가 자란 곳
에서는 속되게 '지랄병'이라 했을 만치 무시하고 멀리했다.

중학교를 다니던 때 잘 생기고 단정한 동급생이 수업 중에 갑
자기 입에 거품을 물고 쓰러져 무척 놀란 적이 있었다. 그 일이

있기 전엔 서로 살갑게 대하며 지냈는데, 그 일로 나는 그를 연민의 심정으로 동정하고 한편으로는 그를 멀리하게 됐다. 그의 내면에 다른 무엇이 있다가 불쑥 나타나서 '나, 이런 사람이야' 하고 사라진 것 같았다.

요즘에야 약물이나 간단한 시술 등으로 간질은 치료가 잘 되거나 거의 완치가 되는 줄로 안다. 그러나 1970년대 당시 성장기의 화자에게는 간질이 있는 자신이 싫고 그런 자신을 '이상한 나라의 앨리스'로 바라보는 세상 사람들이 무척 미웠을 것이다.

3)
초등학교 졸업장까지 곱게 임승민이었다
이을 승 백성 민이 중학교 입학을 앞두고 번쩍
빛날 형 바꿀 태로 바뀌어 버렸다
돌림자도 사라져 영문도 모르고
본적지 잘못을 따라 임형태를 외었다
마흔을 살다가
호적 전산화 하던 해 다시 번쩍
빛날 동 바꿀 태로 바뀐 호적 확인서를 받아들었다
동태 동태 동태
낄낄거리는 아들을 마주하고
서거리깍두기 속 발음도 비슷한 명태 아가미 뒤섞이듯
임승민인 임형태가 임동태를 들여다보다가

본적지가 엉성한 한자로 얹어준 이름과

구청이 오독으로 얹어준 이름을 들여다보다가

무와 명태 아가미가 짓물러 군내 나는 맛으로 엇섞인

별의별 일들이 기가 차 개명신청을 하고

그것도 임승민은 찾지도 못하고

번쩍 얹힌 이름으로 허가를 받았다

임동태로 태어났으나 임형태로 개명했다는

기가 막힌 호적을 만지작거리다

계속 낄낄거리는 아들을 앉혀놓고

삶의 우연성과 폭력성을 힘들게 힘들게 설명하는데

승민아 형태야 동태야 명태야

장난을 걸어오는 눈웃음 네 마디에

비로소 서거리깍두기 별미로 섞여 안고 뒹굴며

자지러지게 웃고 말았다

– 「서거리깍두기」 전문

임승민 시인의 이름 변천사이다. 그는 부모님의 본래 의도와는 다르게 우연히 찾아온 형태란 이름을 불편하게 여겼고, 만날 때 여러 차례 이름이 바뀌게 된 사연을 설명했다.

사실 이름이 뭐 대수인가. 케빈 코스트너가 만든 영화 〈늑대와 함께 춤을〉도 인디언 이름이고, 그 영화인지 이문열의 어떤 소설에 등장하는 이름들에도 '주먹 쥐고 일어서', '소에 받친 자'와 같은 이름들이 보인다. 〈논어〉나 〈맹자〉 등에 나오는 어떤 이름은 그 사람의 일이나 모습을 따와서 붙인 게 보인다. 동양적 세계관에서는 이름이란 집안의 돌림자를 사용하더라도 그 사람이 타고난 부족한 기운을 불러서 채워준다든가 아니면 부모님이나 주변인들이 이름의 주인공이 이루거나 되기 희망하는 이름으로 지었다.

농민이 농번기에 바빠서 면사무소에 가기 어려울 땐 장에 가는 사람에게 호적에 이름을 올려달라고 부탁을 했는데, 가다가 잊어버리기라도 하면 그 사람이 면사무소 직원에게 부탁하여 급조를 하여 이름을 만들기도 하고 아니면 전혀 다른 이름으로 변신하기도 했다. 이것은 일부 지역에 국한된 게 아니라 전국적인 현상이었다. 그렇게 우리는 제 이름이 아닌 이름을 가지고 이 땅을 살아가고 있다. 임승민도 임형태로 그렇게 우리에게 왔다가 임승민으로 돌아갔다.

승(承)은 '잇다'는 뜻 외에 '받들다'는 의미도 있다. 민(民)은 백성이니 '승민(承民)'이란 그의 이름을 살펴보면 지금 그의 직업과 매우 긴밀한 듯하다. 어린 학동들이 바로 백성이 아닌가. 어쨌든 그 백성을 잘 받들어 모시고 길을 인도하고 있으니 이름대로 길을 가고 있는 셈이다.

충북 제천 청풍리조트 컨벤션 홀에
사교육 없는 학교 만들기를 분양받기 위해

서울 고딩 방과후 부장들이 우르르 떴다
어떤 학교가 한가해서 사교육을 하겠냐마는
그래서 분양 주제가 수상했지만
시범사례를 듣고 분임별 정보를 교환하고
돌아가 고딩들에게 앞 다퉈 분양해야할
사교육 없는 학교 만들기 우발적 사명을 위해
떴다 방과후들이 진지하게 머리를 맞댔다
솔직히는 진지하게 술잔 머리를 맞댔다
선생 질병이 학생 학부모 만족을 선도한다고
순식간에 결론을 내리고
고딩 선생들의 목숨을 건지기 위해
이 땅의 사교육만은 영원해야 한다고
원샷으로 깔끔하게 마무리했다
사교육 있는 학교 만들기 비밀을 다짐하고
새벽에 누웠으나 몸에 익은 공오시 삼십분
떴다 방과후들이 재빨리 아침을 먹어치운 후
분양거리를 챙겨들고 짐을 싸기 시작했다
지난 밤 결의한 기밀을 가슴에 품고
교육청과 사교육기관의 지속적인 단속을 피해
수백 명의 떴다방들은 신속하게 철수했다
－「떴다방」전문

아이들을 백성으로 받들고자 하는 임승민 시인의 연수 후일담이다. 대한민국은 사교육비 부담으로 천문학적인 경비를 지출한다. 지역에 따라 다르겠지만 고등학교에 입학하게 되면 처음에는 교사 눈치를 보며 몰래 수업 시간에 학원이나 과외 교사가 내준 숙제를 하지만, 3학년이 되면 아예 학원이나 과외 교사가 내준 숙제를 내놓고 하고 학교 수업은 딴전이 되기 십상이다. 과외 공부에 치중하다 보니 학교에 오면 부족한 잠을 채워야 한다. 성장기의 청소년에게 충분한 잠은 필수적이다. 학교나 학원이나 지식을 전하는 내용은 별반 다를 바 없으나 돈을 많이 지불한 것을 우선하다 보니 과외 공부에 치중하게 된다.

학교에서는 학교 공부만으로 충분하다고 하지만 학부형은 다른 아이들은 다 하는데 내 아이를 안 시키면 불안하고, 이는 아이 역시 마찬가지다. 사교육 시장이 지속 가능하려면 학교 교육에 대해 수요자들인 학생들에게 학교 교육을 신뢰할 수 없다는 불안감을 심어줘야 한다. 반복하게 되면 미약하던 불안감은 점차 증식되어 수요자의 의식을 지배하게 되고 마침내 학교 공부 시간은 부족한 잠을 채워주는 시간으로 전락을 한다.

'방과 후'라니 참으로 눈 가리고 아웅 하는 격이 아닌가. 학교는 수요자들을 사교육 시장에 안 보내려고 방과 후 교육에 열중하라고 교사들을 종용한다. 이미 오래 전부터 일그러진 모습으로 지내왔다. 자율학습이란 가면을 쓰고 강제적인 타율학습 공간을 조성해서 학생들을 몰아놓고 감독하고 그게 없으면 아이들이 어디서 공부를 할까 걱정한다. 방과 후는 다른 얼굴의 사교육일 뿐이다. 공교육이란 가면을 쓰고 행하는 허울 좋은 행세일 뿐이다.

사교육 시장은 서울도 강남과 강북이 다르고, 지방은 도시와 읍면이 다르다. 돈이 있으면 유명 과외 교사를 구하거나 소수정예학원에 조를 짜서 이름난 학원 선생을 불러 맡긴다. 그나마 소도시나 읍면으로 가면 얼굴 바꾼 사교육 방과 후 교육이 강세가 된다.

전체주의 사회가 생각난다. 조지 오웰의 『1984』가 떠오른다. 사교육 시장을 줄이기 위해 EBS 교재에서 출제하는 것을 미덕으로 내세우고, 그 교재에서 수능시험에 얼마나 많이 반영했는가를 강조하는 나라니 더 말해 무엇하랴. 왜 모든 교재를 없애고 유명 강사를 초빙해서 EBS 교재만 강의하고 교실마다 티브이를 설치해서 학생들에게 그것만 보게 하지 않는지 모르겠다. 한국사를 국정화한다고 한다. 불안한 정부는 조만간 국어도 국정화를 하지 않을까?

40여 편의 시에 학교나 학생들에 대한 시는 거의 없다시피 하다. 어둡지만 그래도 아이들이 희망이요 등대다. 교사는 주어진 환경 속에서 그들을 위해 고민하고 노력해야 한다. 다음에는 아이들의 모습이 담긴 임승민 시인의 시들을 보고 싶다.

4)
이제

너와 나의 경계가

아름다워야 할 이유는 없다

두 눈 먼저 찌르고

빗방울이 닿기 전

모든 꽃들은

제 목을 날려버려야 한다

– 「팽목」 전문

슬프다. 무엇을 말하고 싶은데 목이 멘다. 이 땅에서 어른된
자는 이제 설 곳이 없다. 수많은 목숨을 수장시켜 놓고 제대로 된
사과 한마디 하지도 않고, 책임지는 사람조차 없다. 분노만이 허
공에서 바람에 잉잉거리는 전깃줄 모양 터질 듯하다.

원더 걸스가 사라졌다

국민 동생 원더 걸스가 사라졌다

관심과 변심의 순발력에 꽂혀

한 입 베물어 먹고 휙 던져버린 꼬치 떡볶이

그렇게 되어버렸다

그랬어야 했다

생쥐라도 한 마리씩 물고 춤을 춰야했다

두려움에 얼마간 더 열광했을 것이다

아니면 국민 동생이란 사람 내를 거부하고

오빠나핫걸로 불러 달래야했다

달콤하게 착 감겨 수십 년을 우려먹다가

가요 무대에 서는 날

슬쩍 국민 동생으로 바꿔야했다

그랬어야 했다

현란한 군것들은 공격적으로 달달하고 있고

관중들은 뽀얀 허벅지에 맛이 갔는데

내 정직한 원더 걸스 걸스는

텔미 텔미 하소연하다

어머나 하고

소비됐다

*노무현 대통령이 봉하 마을로 갔다.
―「내 정직한 원더걸스」 전문

봄날은 가고 나면 그리워진다. 권위적이지 않고 백성들과 소통하고자 하는 지도자가 있었으나 백성들은 여느 지도자와 다른 그를 이상하게 여기고 무게가 없다거나 가볍게 봤다. 연일 처참하고 자존심 상하는 요즈음 현실을 보면 과거는 더 찬란하다.

참고 표지가 없으면 무엇을 말하는지 잘 모를 것이다. 그러나 표지를 보면 우리의 경박한 행태를 돌아보게 된다. 우리의 마

음 속 이상은 높고 현실에서는 그를 용납하지 못하고 따르지 않았
다. 그것을 희화화하고 풍자한 시인의 통찰이 놀랍다.

1983년식 흐린 알전구 등 아래에서
올려다볼 것이라곤 제련소 굴뚝뿐이었다
개흙 속 펄 짱뚱어만 뛰던 읍
돌이키면 선착장 눅눅한 바람 속
폐선 위 웅크린 갈매기들이
치켜든 손가락을 향해 몰려들었지만
손가락이 게워낸 흔적들을 찍어 삼키고는
이내 허공에서 멈춰 돌아섰다
말린 박대들만 읍에 주저앉아 말벗을 청했다
처음 본 청보리밭의 너울거림이
읍 비바람만큼 비리다고 중얼거리면
버짐이 앉은 학생들은 날 신기해했고
역 앞 공터에는 본드 봉지가 뒹굴었다
저녁 둑방 잔새우들만큼 마른 삶들이
하루를 감아 등 휘어지던 곳
생선 몇 마리 배를 가르던 늙은이들과
하구 펄을 넘는 바람은
어김없이 구름 갈매기로 튕겨나갔다
하숙집 무기력한 마루와 대문 앞에서 난

색싯집 화려한 간판보다 홀로 사치스러웠다

골목 진창길에 내리꽂던 삿대질과

배추뿌리만한 허영을 잘라내기 위해

뱃속 개흙들을 또 얼마나 게워내야 했는지

눈밭을 기던 외진 항구 뒤에서

– 「장항읍」전문

임승민 시인이 교직 생활을 처음 시작한 곳이 전라북도 장항이다. 이 시집의 표제로 올린 것이기도 하니 그에게는 감회가 남다를 것이다. 표제작부터 말을 풀어나가야 할 듯했으나 나는 나중에 하고 싶었다.

이 시에는 순정함이 있고, 서정에는 사람 사는 모습이 담겨 있다. 그렇다고 그의 다른 시가 그렇지 않다는 게 아니다.

유년 시절부터 가족사, 교육 현장 등 그의 많은 시들은 대상을 온전하게 보지 못하고 뒤틀려 있다. 너무 아프고 힘들어서 대상을 그대로 볼 수 없기 때문에 그랬을까. 그의 시를 읽는 내내 감정이 이입되어 힘들었다. 그런데 「장항읍」은 어두우나 뭔가 생동하고 있고 화자의 모습이 솔직하게 드러난다.

오래 전 대학 때 졸업 작품집에선가 어디선가 그의 글을 보고 신선한 느낌을 받은 적이 있었다. 맑고 쓸쓸하면서도 아름다웠다. 그래서 앞으로 괜찮은 시를 쓸 수 있겠구나 하는 기대도 내심 했다. 또 한동안은 시를 잊고 사는 게 아닌가 하는 생각도 했다.

이 시집에서 임승민 시인의 시를 읽으면서 대학 시절 잠시 함께한 그를 조금 안다고 한 내가 경박하다는 생각을 하게 됐다. 그와 함께한 시간도 부족했다는 생각이 든다.

나는 임승민 시인이 처음 장항에 갈 때의 낯설고 설레는 마음으로 세상을 보고, 세상의 아픔을 어루만지며 울고 또 즐거움을 함께할 수 있기를 기대한다.

이곳까지 오기 많이 힘들었을 시인에게 어깨를 두드려주고 싶다. 임승민 시인의 첫 시집 발간을 축하한다.

늦게 온 편지
그리고 반성문*

경남 진주에 사는 하재청 시인이 첫 시집을 냈다는 소식을 듣고 반가운 마음에 전화를 걸어 서평을 쓰겠다고 했다. 서평을 통해 늦깎이로 시집을 내는 친구의 속살을 엿보고 싶었다. 어린 청춘의 한때를 함께 했지만 오랜 세월 멀리 떨어져 지내며 바라보기만 하였던 친구의 마음 한자리에 앉아보고 싶은 심정이었다고나 할까. 그런데 이런저런 일에 부대껴 시작을 못하고 가으내 돌아다녔다. 마음 한구석에는 항상 하재청 시인의 서평이 도사리고 앉아 있었다.

하재청 시인은 어린 시절 한때 문학동아리에서 같이 활동을 한 적이 있다. 그 무렵 필자는 교과서 공부는 안 하고 대도극장

---

* 『사라진 얼굴』, 하재청, 시와에세이

(나중에 화재로 소실됨) 옆 중국집에서 고량주를 마시거나 남문시장에서 막걸리를 마시고, 김수영의「거대한 뿌리」나 박인환의「목마와 숙녀」등의 시를 외고 다녔다. 국어 교과서에 나오지 않는 시를 1백여 편 외고 다니며 신춘문예에 당선되는 게 유일한 희망이었다. 신경림의『농무』, 박용래의『강아지풀』등 시집을 수십 권 읽었으며, 예의 극장 옆 헌책방에서 필자가 태어나기 전에 간행된『사상계』를 사서 읽었다. 삼중당 문고판 한국문학 단편집은 그때 다 읽었다. 학교가 파하면 동네 주변 만화방에서 무협지를 섭렵했다. 대충 한 5천 권은 읽은 것 같다. 무협지 스토리가 어떻게 전개될 것인지 서두를 조금 읽다 보면 다 알았다. 나중에 학교 공부를 성실하게 하지 못한 대가를 톡톡히 치르게 되어 문학동아리에서 같이 놀던 친구들은 대부분 한두 해 늦게 대학을 들어가게 되었다.

서평에 이런 지나간 추억을 말하는 것은 필자와 함께 어울리지는 않았지만 하재청 시인 역시 이러한 경계에 서 있었던 것으로 짐작된다. 시집 뒤편에 있는 '시인의 산문'을 보면 어린 시절 학교 공부와는 담을 쌓고 "시간이 날 때마다 대명4동 동사무소 옆 골목 모퉁이에 자리 잡고 있는 만화방으로 달려갔다. 이곳에서 홍길동을 만나고 일지매를 만나고 외팔이 협객을 만나고" 있는 그가 보이기 때문이다.

하 시인은 필자와 달리 처음부터 시를 쓴 것은 아니었다. 처음에는 소설로 입문했다. 1학년 초 동아리에 지원한 학생들을 선배들의 심사를 거쳐 선발된 우리와 달리, 그는 고등학교 1학년 2학기 때 그의 소설을 눈여겨본 동아리 지도교사의 추천으로 늦게 합류했다가 관습화된 일탈의 분위기를 견디지 못하고 2학년 가을 무렵 동아리를 스스로 박차고 나갔다. 그런데 그가 문학동아리를 떠나게 된 더 근본적인 이유는 따로 있다. 2학년 때 여느 학교의 백일장과는 달리 교내 문예공모를 처음으로 시행하였는데, 그는 여기에 소설을 응모했다. 이 때 필자가 「창」이란 시를 써내서 대상을 받고 소설 부문 당선은 한 해 후배인 박덕규가 받았다. 박덕규는 당시 전국 대학의 문예현상공모를 휩쓸던 고교생 문사였다. 문제는 그 다음이었다. 낙선한 것까지는 그렇더라도, 심사를 한 교사가 그의 노력을 격려할 요량으로 그를 심사 대상에도 없던 평론 부문 입선자로 발표했다. 교내 방송까지 탔다. 나중에 들은 이야기지만 그는 기뻐하기는커녕 상장을 받으러 가지도 않았다. 그리고 그는 그 후 문학동아리에서 자취를 감추었다.

한동안 그는 문학과 거리를 두고 지내온 것으로 알고 있다. 우리들 지근거리 어디에서도 그의 소식을 좀처럼 접할 수 없었다. 어떤 행사에서도 그의 얼굴을 볼 수 없었다. 고등학교를 졸업한 뒤 그는 대구에 있는 대학에 적을 두고 한때 이념 서클에서 주로 발제를 맡아 하면서 질곡으로 점철된 현대사와 현실의 모순에 관심을 가지기도 하고, 그 연장선에서 야학에도 기웃거린 것으로 알고 있다.

"내가 입학한 지방대학에서 만난 많은 학우들 가운데 하재청 형은 단연 빛나는 발군의 재사였다. 우리들 20대 초반의 그 유치하고 치기 어린 언어와 사유를 훨씬 뛰어넘는, 70년대 유신시대의 문학과 암흑시대의 역사에 대한 본질적 사유와 폭넓은 통찰력은 늘 감탄과 경외의 대상이었다."

표사(表辭)로 올린 김용락 시인의 글이다. 김 시인의 표현에 의거하면 그는 대학생활을 잘했다. 물 만난 고기였을 것이다.

우리가 대학을 보낸 시절은 엄혹한 시절이었다. 그도 수많은 이 땅의 젊은이들과 마찬가지로 현실 인식에 눈뜨고 번뇌하면서 청춘의 한 시절을 보냈으리라고 짐작된다. 이 시절 그는 일정 정도 실제 창작과는 거리를 두고 한국 사회의 모순을 알기 위해 캠퍼스를 누비고 다녔으리라.

어쨌든 그는 한국 현대사의 엄청난 비극의 시대를 보내고 무사히 교사로 안착했다. 아마도 경상남도 창녕의 초임 시절, 시대에 온몸으로 맞서지 못하고 안착한 자신에 대해 자괴감을 느끼고 많이 힘들었을 것으로 짐작된다. 그 뒤 하재청 시인은 진주에 있는 여고로 직장을 옮겨 후학들을 양성하는데 많은 시간을 보냈다.

『사라진 얼굴』은 이러한 교사생활을 30여 년 넘게 한 시인의 후일담 혹은 반성문이다. 이 반성의 바탕에 깔려 있는 현실 인식의 뿌리는 한 세대가 흘렀음에도 불구하고 여전히 질곡의 1980년대를 고뇌와 우수로 통과해온 그의 청춘 시절에 있다고 해도 과언이 아니다. 그만큼 그때 형성된 인식의 힘은 교사로서 그를 지탱하는 기둥이었다고 생각된다. 시대는 변했지만, 교육 현실과 제도는 여전히 1980년대에 머물러 있다.

대한민국의 교육 현실은 교육제도의 시계바늘이 거꾸로 가고 있는 것을 여실하게 보여준다. 학교가 파했는데도 자율학습이란 허울 좋은 명목으로 학생들에게 강제적으로 학습을 하게 한다. EBS 교재의 문제를 반영한 대입수학능력시험, 기이한 논술시험, 객관적이지도 못하고 온통 미사여구로 포장된 생활기록부, 해마다 바뀌는 수시 입학 요강 등 대입 전형을 위한 시험은 명분만 그럴 듯할 뿐이고 학교의 서열의식과 성적제일주의를 점점 강화시키는 도구로 전락시켰다. 학생과 교사들은 그런 제도의 말단이 되어 심신이 얼룩지게 된다. 하도 난마처럼 얽혀서 어디서부터 잘못되었고 어디를 바로잡아야 할지 모르는 비참지경에 왔다.

『사라진 얼굴』은 제도적 문제점에 대해 비판한 시집은 아니다. 그런 진흙탕 속에서 교사 노릇을 하면서 했던 행위에 대한 자괴감 혹은 반성을 형상화한 것이다.

야간 자율학습 시간
그 녀석의 책상을 걷어찼다
아무것도 아닌 줄 알고 한 번 걷어찼을 뿐인데
텅 빈 소리가 오랫동안 밤공기를 가른다
텅 빈 그림자에 피가 얼룩진다
책상에 엎드려 매일 자는 줄 알았는데
깊은 침묵으로 밤마다 피 흘리고 있었구나

하얀 어둠 속에 자신의 그림자 새기며

아스피린처럼 깨어 있는 아이

어둠을 골똘히 바라보고 있는 아이

무심코 한 번 걷어찼을 뿐인데

신음소리도 내지 않고 너무 아픈 소리를 낸다

이제 달과 구름도 새기지 못하는 너,

아무도 오지 않는 자기의 어둠 속을 바라보며

오래 묵은 기억을 부여잡고 있었구나

오지 않는 누군가를 기다리는 교실

형광등도 진저리를 치고 있다

– 「매일 자는 아이」 전문

학교에 와서 아침부터 자는 아이가 있었다. 수업시간에 늘 자는 아이를 보며 담임교사나 수업에 들어가는 교사들은 불편해했다. 담임교사는 다른 교사들의 말씀이 걸리기도 하고 해서 일단 아이에게 학교에 와서 왜 아침부터 잠만 자느냐고 야단을 치고 시간이 나서 아이를 불러서 사정을 알아봤다. 아이는 집안이 어려워 학교가 파하면 음식점에 가서 아르바이트로 밤늦게까지 일을 했다. 피곤해서 학교에 오면 잠잘 수밖에 없다는 말을 하며 우는 아이 앞에서 교사는 부끄러웠다. 들은 이야기이다.

학교에 와서 역시 아침부터 자는 아이가 있었다. 성적은 상위권에 있으나 오전 내내 책상에 엎드려 잠만 자다가 오후 시간이 되면 얼굴이 제 색으로 돌아오며 수업에 집중하는 모습을 보였다. 아이는 어머니에 의해 밤늦게까지 학원을 다니거나 과외를 하고 심지어 새벽에도 과외 교사에게 수업을 받고 등교를 했다. 학교 수업을 믿지 못해서가 아니라 아이를 어떻게라도 공부를 시켜야 마음이 놓이는 부모에 의해서 아이가 시달린 경우다. 학교 수업을 잘 듣게 하자면 아이가 잠을 제대로 자야 한다고 어머니께 조언해도 어머니는 잘 받아들이지 못했다. 필자가 겪은 일이다.

교사는 여러 학생들을 대하는 감정노동자다. 그러다 보니 실수도 한다. 학생들에게 교육적이라며 강요한다고 학생들이 쉽게 납득하고 받아들이지는 않는다. 그들의 마음을 움직일 수 있는 울림이 있어야 한다.

언제부터인지는 분명하지는 않으나 야간자율학습은 1980년대 중반부터 학교 현장에서 행해지게 된 것 같다. 학생들에게 공부할 여건을 만들어주고 학습력을 신장시키기 위해 학교가 파하고 나서 저녁 10시까지, 심지어 12시까지 학생들을 남겨 공부를 시켰다.

학습량이 많으면 지식은 축적되기 마련이다. 그러나 교사나 학부모도 빈 교실이나 또는 조성된 자율학습 공간에서 학생들의 자율에 의한 것이 아닌 타율적으로 학습행위를 강제해서는 안 된다. 그러나 현실의 벽을 넘기는 어려울 것이다.

몇 년 전 봄날에 필자는 프랑스 생장을 출발하여 스페인 산티아고를 거쳐 대서양 북단에 있는 항구도시 묵시아까지 900km 넘게 걸은 적이 있다. 그 노정에서 네덜란드 고3 학생을 만났다. 그는 자전거를 타고 산티아고 길을 가고 있다 했다. 먹을거리를 사다가 숙소에서 요리를 해먹으며 혼자 여행을 하는 그 소년이 얼마나 부러웠는지 모른다. 우리나라의 고3 학생들이 많이 생각났다. 네덜란드 소년도 대학을 가고자 하며, 산티아고 여행길의 체험을 대학 입학관리처에 설명하겠다고 했다.

야간자율학습 시간에 잠자던 학생의 책상을 걷어찬(실제론 잠자는 그가 안쓰러워 어깨를 흔들어 깨웠겠지만) 일화를 돌아본 이 시는 반성문이다. 그 학생은 이미 졸업을 하고 사회인이 되었겠으나 시인의 기억에는 "깊은 침묵으로 밤마다 피 흘리고 있"는 것이다.

「투명한 아이」는 일그러진 교육 현장인 야간자율학습 공간을 더 잘 보여주고 있다. "누구도 드나들지 않는 야간교실에는/ 고요한 소리의 지느러미가 흔들리고 있다"거나 "텅 빈 하늘을 바라보며/ 끊임없이 교신을 나누는 눈망울/ 아무도 돌아보지 않는 투명 유리집을 벗어나/ 도무지 외출할 생각을 않는다."

과장된 언어나 역설적 표현을 통해 하 시인은 일그러지고 답답한 교육 현장을 드러내고 있다.

사제들이 돌아가면서 설교를 한다
서른 개의 눈동자가
첫 번째 사제의 손짓에 따라
푸른 하늘에 푸른 신호등을 새긴다

두 번째 사제의 손짓에 따라

푸른 신호등을 지우고 빨간 신호등을 새긴다

돌아갈 곳이 없는 아이들

세 번째 사제의 손짓에 따라

빨간 신호등을 지우고 노란 신호등을 새긴다

이렇게 열두 명의 사제가 지나가고

푸른 하늘에 신호등이 사라지자

마지막 사제가 푸른 수의를 나누어준다

어디로 가라는 것인지 알 수 없다

– 「소녀들」 부분

방향성을 잃은 학교 현장의 모습을 형상화한 것이다. 실제 이러하진 않겠지만, 교사는 학생들에게 바른 가치관을 세울 수 있게 다양한 선택의 기회를 제공해야 한다. 이런 길을 가야 한다가 아니라 어떤 길이 있는 것을 제시하고 보여줘야 할 것이다.

바닥을 쓸면서 잊어버렸던 얼굴을 찾았다

포대기 하나 덮어쓰고 사라진 얼굴

아무도 그가 누구인지 모른다

온몸에서 눈물을 짜내며 요란하게 울던 그를

이제 누구도 생각하지 않는다

그는 늘 거기에 있었다

담았던 바람을 다 쏟아내는 날

새로 바람을 온몸에 담기 위해

검은 자루 속으로 사라졌을 따름이다

그는 지금 바람을 몸에 담고 있는 중이다

거리를 활보하는 바람을 담으며

새로운 꿈을 꾸고 있을지도 모를 일이다

바람을 몸에 담아 힘껏 짜내면 눈물이 난다

한 번 힘차게 울기 위해서 그는 오늘도 바람을 모으고 있다

울음이 다 빠져나간 포댓자루 하나 허공에 펄럭인다

참 이상한 일이지, 잘못 배달된 것인가

아무도 문을 열어주지 않는다

누가 나를 여기에 두고 떠났는지 모르겠다

　　　－「사라진 얼굴」 전문

　　표제작인 이 시는 다분히 상징적이다. 시 한 편이 은유이고 상징이다. 이 시는 교육적인 여느 시와 성격이 좀 다르다. 그런데 시인이 표제작으로 하고 교육적인 시편들 속에 올린 것은 특별한 의도가 있을 것이다. 몇 번을 읽어봐도 맥락이 잘 잡히지는 않는다. "바닥을 쓸면서" 찾은 "잊어버렸던 얼굴", "포대기 하나 덮어쓰고 사라진 얼굴", "그가 누구인지" "아무도 모르는" "바람"을 "쏟아내"고 "새로 바람을 담"고 "한 번 힘차게 울기 위해서" "바람

을 모으"는 "그", 그는 "허공에 펄럭이"는 "포댓자루"이며 "잘못 배달되"어 "아무도 문을 열어주지 않는" 대상이고 "누가" 자신을 "두고 떠났는지 모르"는 자이다.

시에 나오는 "바람"은 무엇인가 움직이고 활동할 수 있는 근원적 힘이다. "운다"는 행위는 그 힘을 온전하게 소모하는 것이다. 그런 맥락에서 이 시는 넓은 의미의 교육적 시이다. 시에 등장하는 "그"는 시인이 가르친 제자일 수도 있고, 시인 자신일 수도 있다. 그렇게 본다면 '사라진 얼굴'은 어디서 왔다가 어디로 가는지 모르는 객관적 존재, 타자이자 우리들 모두의 자화상일 수 있다.

　　안내방송을 하며 제가 있는 곳을 잊어버렸습니다
　　방송실 마이크를 잡고 아이들을 잊어버렸습니다
　　넘실대는 푸른 파도를 보며 일렬종대 운동장만 떠올랐습니다
　　조용히 앉아 기다리세요
　　일렬종대로 앉아 하느님에게 기도하세요
　　교실의 구호만 떠오르고
　　제가 살던 곳의 기억은 점점 희미해졌어요

　　(중략)

　　여기는 제가 살 곳이 아닙니다
　　여기는 아이들이 살 곳이 아닙니다

안내방송 구호는 생생한데

제가 살던 곳도 잊어버린 나도

나를 잊어버린 그곳도

그곳을 잊어버린 아이들도 나를 잊어버렸어요

나는 정말 기억에 없습니다

　－「안내방송」부분

세월호 침몰 사고를 생각하게 하는 시다. 청자의 처지에서가 아니라 안내방송을 하는 화자가 되어 말하고 있다. 방향성을 상실한 교육, 획일적으로 지시 전달을 해서 통제하려는 교육을 풍자한 것이다. 세월호 침몰 사고 이후 안전한 실내에서 기다리라는 말을 아무도 믿지 않게 됐다. 어른 노릇 하기 힘들다는 것을 알게 됐고, 가신 어린 영혼들에게 심히 부끄러웠다. 안전한(?) 선내에서 기다리다가 수많은 목숨이 억울하게 갔다.

　몇 년 전 산티아고 길을 걸으며 길목에 걸려있는 나무십자가들 사이에 순례자들이 걸어놓은 '노란 리본'을 여럿 봤다. 한국인 순례자들이 세월호 사고로 희생된 분들을 추모하며 걸어놓은 노란 리본이었다. 걸음을 멈추고 비명에 가신 영혼들을 생각하며 기도를 했다. 동행하던 프랑스 친구는 의아해했으나 언어가 짧아서 설명할 수는 없었다. 필자의 표정에서 심상치 않은 것을 읽은 그는 곁에서 나름의 묵상을 했다.

　세월호 사고 때 동행한 선생님들은 순명을 다했다. 살아나온 선생님도 죄책감에 목숨을 끊어버렸다. 그때 동행한 선생님들 중에 기간제 선생님들이 있었는데 기간제라고 순직 처리를 할 수 없다고 하다가 근래에 정권이 바뀌어 바로잡았다. 희생한 죽음을 놓고 돈으로 저울질을 하고 의로움을 보지 못하다니 안타깝고 통탄할 일이다.

친구야, 이제 교실에 잘 도착했겠지

옥상 난간의 마지막 발자국 수습하여

네가 도착한 곳은 또 다른 감옥이 아니더냐

난간에 서 본 기분을 너희들이 알아?

안락한 몸에 도달하기 위하여 몸부림친

길고 긴 이승의 발자국 아직도 선명한데

나를 위해 흥겹게 향불을 올리고

돌아가던 길이 그리도 즐거워

몸을 가누지 못할 정도로 비틀거렸더냐?

나를 보내는 예의가 너무 지나치다

사실은 이승의 두꺼운 벽을 뚫고

보이지 않는 그 길로 질주하고 싶었던 게 아니었어?

나의 피를 나눈 추억을 깨끗하게 갈아엎었어야지

그 세 치 혀를 잘라내지 않고

어찌 그 길을 발견할 수 있겠나

이 개새끼들아, 문상은 왜 와

－「문상」전문

　서정적 자아가 무슨 이유로 왜 죽었는지는 잘 모르겠으나 "이
승의 두꺼운 벽을 뚫고" 싶었으나 현실을 감내하지 못한 것으로
보인다. 화자는 "교실"로 돌아가는 친구들을 "또 다른 감옥"으로
말하고 있다. 어쩌면 화자는 친구라 한 자들에게 자신이 못다한
숙제를 말하고 있기도 하다. "나의 피를 나눈 추억을 깨끗하게 갈
아엎"지 못하고 "세 치 혀를 잘라내지 않고" 온 친구들에게 "이 개
새끼들아, 문상은 왜 와"라고 질타하고 있다. "두꺼운 벽"은 왜곡
된 교육 현실이다.

　『사라진 얼굴』은 4부로 구성되어 있다. 제1부에서 제3부까지
는 왜곡되고 일그러진 교육 현실이나 교육 현장의 실태를 고발하
거나 그 속에서 고민하는 자아를 말하고 있다. 제4부는 시인이 생
각하던 바나 정서를 풀어내고 있다.

　하 시인은 시집 『사라진 얼굴』 전부를 교육 현실과 관련된 것
으로 묶으려고 한 것으로 보인다. 그러기에 이 시집의 미덕은 교
육 현장과 관련된 다양한 목소리를 만날 수 있다. 객체가 때로 주
체가 되고, 주체가 때로는 객체가 되기도 한다.

　유교(有敎)면 무류(無類)라 했다. "가르침이 있으면 무리가 없다"
는 공자의 말씀이다. 가르침이 있다면 누구나 선(善)하게 돌아올
수 있기에 그 무리[類]의 악(惡)을 따지는 것은 마땅하지 않다는 말

씀이겠다. 붓다의 무차별(無差別)도 같은 동네의 말씀이다. 『사라진 얼굴』은 가르치는 길에서 갈등하고 흔들리면서 쓴 시집이다.

　　그렁그렁
　　덜컹덜컹

　　어디로 달려가는지
　　먼지 뒤집어쓴 6인승 봉고차
　　말라붙은 눈물 자국마저
　　뚝, 뚝 떼어 던지며

　　쪼글쪼글한 살갗 사이로 솟아오르는,
　　벌레처럼 오물거리던 누추한 희망을 햇살에 말리면서

　　빨갛게 충혈된 눈알을 혓바닥으로 핥아 내뱉듯
　　하루살이 시궁창에 오물오물 알 까듯
　　식솔들 아무데나 부려놓고
　　기어간다

　　해수 끓는 늙은이
　　견인되어 간다

쉬엄쉬엄 붉게 타면서 고개 넘어간다

   –「6인승 봉고차」전문

  하 시인의 '6인승 봉고차'가 오래 달리고 많은 것을 보고 담기를 기대하며 부족한 서평을 마친다.

부조리하고 모순된 교육 현장을
극복하고자 한 몸부림*

1)

시인 이중현 형은 시골 사람이다. 그를 만나는 사람들은 누구나 그의 따뜻한 심성과 성실한 됨됨이에 대해 놀라게 된다. 그의 행동이나 말에는 꾸밈이 없다. 그냥 물 흐르듯 자연스럽다. 같은 시골에서 태어나 도회에서 살게 된 나 같은 사람이 지니지 못한 소탈함과 털털한 촌사람다운 향기를 그는 몸에 담고 있다. 이런 점을 흠모한 나머지 그가 알고 있을 사람들의 끝자리에나 있을 내가 감히 발문을 쓰기를 자청하게 되었다.

이중현 형은 경상북도 의성에서 태어나 그곳에서 중학교까지 마치고 검정고시를 통과하여 안동 교대를 졸업했다. 그 후 그

---

* 『아침 교실에서』, 이중현, 푸른나무

는 의성, 양평, 남양주 등지를 다니며 1989년 가을 전국교직원노동조합(전교조) 관계로 해직되기까지 10여 년 동안 교사생활을 하였다. 그러면서 가진 자들의 수탈로 인해 남의 땅에서 헐벗고 굶주리며 살아가는 사람들, 물질문명의 침해를 받고 마음 다친 사람들, 농약 등으로 황폐화한 농촌에서 가난과 슬픔을 가슴에 꾹꾹 눌러 담고 묵묵히 살아가는 사람들을 만나게 된다. 더욱이 부동산 투기 등 황금만능주의에 눈이 먼 기성세대와는 다르게 소외받고 가난하게 자라나는 농촌 아이들과 함께 생활하면서 그는 분노와 연민과 개인의 힘으로 어찌할 수 없는 상황에 대해 괴로움을 느끼게 된다.

이에 따라 지배이데올로기가 유포된 교과서, 식민지적 관행에서 벗어나지 못한 교육 관료들의 행태, 모순되고 일그러진 교육 현장, 무엇보다도 자라나는 아이들을 그릇되게 가르치지 않으려는 양심에서 마침내 그는 많은 다른 교육 동지들과 함께 전국교직원노동조합에 몸담게 된다.

또한 개별적이고도 고립 분산적으로 수행되어왔던 문학 행위의 한계와 분파성을 극복하고 문학 행위를 교육 현장 속에 올바르게 자리매김하며, 양심과 표현의 자유를 담보해내기 위해 교육창작회에 가입하여 활동하게 된다.

이런 점에서 이번에 발간하는 시집 『아침 교실에서』는 의미가 깊다. 곧 고립화되고 개별적인 문예 역량을 극복하고, 문학 행위를 통하여 자신과 자신이 속해 있는 집단을 굴종의 굴레로부터 벗어나게 하고, 지배세력의 사슬에 묶여 있던 문예의 힘을 대중의 손에 무기로 되돌려주기 위한 인식에서 비롯된 성과물이기 때문이다.

이러한 그의 세계관을 읽어내기 위해서는 그의 첫 시집 『물끄러미 바라본 세상』을 빠뜨릴 수 없다. 해직 직후 출간한 『물끄러미 바라본 세상』은 앞에서 지적한 물상화된 세계, 황금만능주의에 물든 세상을 예각화된 촉수로 다듬고 비판한 내면의식의 성과물이다. 그러나 『물끄러미 바라본 세상』은 물상화된 세상을 비판하고 고발하는 성과는 있었으나, 그 속에서 소외받는 사람들과 함께하면서 일그러진 세계를 극복하고자 하는 것에는 미흡한 감이 없지 않다. 곧 『물끄러미 바라본 세상』에서 그가 서 있는 자리는 관찰자의 입장이다.

그러나 이번에 발간하는 『아침 교실에서』에 나타나는 시편들은 그러한 관찰자의 입장에 머물러 있지 않고 그가 몸담고 있는 교육계에 천착해, 부조리하고 모순된 교육 현장을 깨뜨리며 극복하고자 하는 몸부림이 잘 표출되어 있다.

이제 『아침 교실에서』의 대강을 보기로 하자.

2)

『아침 교실에서』는 3부로 나누어져 있다. 제1부는 교사생활을 하면서 바라본 일그러진 교육 현장의 모습을, 제2부는 교육민주화를 위하여 전국교직원노동조합에 몸담고 생활하면서 고초를 겪으며 단련되어 가는 교육노동자로서의 고뇌와 편린을, 제3부는 학교 밖으로 내쫓긴 현재의 상태에서 미래에 대한 낙관론적 전망을 잃지 않고 지향하는 세계를 심도 있게 형상화하고 있다.

이러한 이중현의 시세계를 이해하기 위한 시로는 우선 제1부에서 「봉투」와 「이야기」를 눈여겨볼 필요가 있다.

교단 경력 2년째인 3월
반장 어머니가 봉투를 건넸다.
주고받고 실랑이를 벌이다가
멍청이 구경하는
우리반 아이들 눈치보며
양복 안주머니에 집어넣었다.

자취방에서 열어본 봉투
3천 원이 들어 있었다.
지폐 세 장을 손에 잡고
눈을 감았다.
교실에서 구경하던 아이들의 눈빛
봉투를 주머니에 넣던 어색한 내 모습

방바닥에 주저앉았다.
부끄럼 없는 선생이 되겠다던

내 신념도 털썩 주저앉았다.

그날 밤 불면에 시달리며

내 양심 꼬깃꼬깃 접어

하얀 봉투에 넣었다가 빼곤 하였다.

―「봉투」전문

교장실로 불려갔던

어떤 여선생님이

교실로 돌아와 울었답니다.

임신중이어서

무리한 운동회 연습지도는 못하겠다는

여선생님의 이야기를 듣고

교장 선생님이

버럭 화를 내셨다고 합니다.

운동회 연습을 피하기 위한

계획적인 임신이라고

아이들을 위해서는

중요한 시기에는

임신하지 말아야 한다고

그 여선생님을 달래던
주위의 여러 선생님들
부부관계도
교장에게 사전 결재받아야 한다고
웃지 않고 말했답니다.

나도 웃지 않고 들었습니다.
그렇다고
슬프지도 않았습니다.
그 사이에
늘 우리가 있었습니다.
그 사실이
가슴 아프게 했습니다.
- 「이야기」전문

「봉투」에서 형상화하고 있는 것은 이 땅에서 교육행위를 하는 사람으로서는 누구나 다—차이나 상황은 다르겠지만—한 번쯤은 경험했을 법한 사례를 솔직하게 토로하고 있다. 한편에서는 가르침을 베푼 데 대한 미덕의 행위로 그릇되게 인식하고 있는, 작은 정성[촌지(寸志)]이라는 미명하에 행해지고 있는, 교육계의 한 병폐인 돈봉투 건네기에 대한 고뇌하는 양심을 그려내어 보여주고 있다.

같은 직급의 다른 직종에 비해 박봉인 교육노동자의 입장에서 돈봉투는 '꿀 묻은 칼날'과 같다. 아이들에게 정직과 양심에 대해 이야기하면서 자신은 몇 푼의 돈에 스스로 속이며 살아가는 갈등을 보여주어 그릇된 길로 가지 않아야 할 교사의 길을 "양심 꼬깃 꼬깃 접어/ 하얀 봉투에 넣었다가 빼곤" 하는 행위로써 암시하고 있다.

이러한 교사로서의 양심과 도덕성은 "지금도 우리 가슴 짓누르고/ 우리 양심 군홧발로 뭉개는/ 저들이 대열을 이루고 있는 이상/ 찌들고 조각난 양심일망정/ 불씨처럼 품고 있어야지요"(「불씨」) 같이 나타나기도 하며, "우리를 규격품으로 다듬는 공문/ 읽어보지도 않고 도장 찍어/ 옆자리로 던지는 이 날은/ 결전의 날 벼르며/ 시뻘건 분노의 날인/ 공문 위에/ 또렷하게 박아놓는 날입니다"(「대통령 각하 지시사항」) 같이 분노의 불로 전이되기도 한다.

일그러진 교육 현장의 모습을 잘 보여주어 우리에게 교육계의 아픔을 함께 인식할 수 있게 시사한 작품으로는 「이야기」를 들 수 있다.

「이야기」에 등장하는 교장 선생님은 "임신 중이어서/ 무리한 운동회 연습지도는 못하겠다는/ 여선생님의 이야기를 듣고" 화를 내는, 식민지의 교육 관료나 할 수 있는 행동을 한다. 이러한 파행은 교육 현장에서의 평등구조를 인식하지 못하는 '상명하달(上命下達)' 식의 군사문화적 사회에서나 볼 수 있는 전형적인 인물이다. "운동회 연습을 피하기 위한/ 계획적인 임신이라고/ 아이들을 위해서는/ 중요한 시기에는/ 임신하지 말아야 한다고" 개인의 존엄성이나 자유는 없어도 좋다는 전체주의 사회에서나 있을 법한 교육 관료가 아직도 이 땅의 교육 현장에 도사리고 있음을 상기시키고 있다. 그보다도 더욱 중요한 것은 "그 사이에/ 늘 우리가" 있다는 것을 나타내어 교육 현장의 구조상 모순을 그려내어 보여주고 있다.

이러한 교육계의 부조리는 승진 점수를 따서 교감 되겠다고 벽지에 와서 장학사에게 술판 차려주고 돈봉투를 건네기도 하다가 허술한 사택에서 연탄가스 중독으로 죽은 김 선생을 형상화한 「승진 점수」에서도 잘 드러나며, 허례허식으로 껍데기만 훑고 지나가는 「종합장학지도」로 나타나며, 교육행정에서 빈틈없이 교사들을 닦달하며 "직원회의 시간이 시끄러울 때마다/ 교육법 제75조를 휘두르며/ 선생님들 어금니 아프게 하던/ 교장 선생님"(「육성회 임원회의」)이 대운동회 찬조금을 횡령하는 모습으로 나타나기도 한다. 한편 교육의 주체로서 바르게 교육받고 건강한 정신으로 성장해야 할 아이들이 부조리한 교육 현장, 자본주의의 구조적 모순 속에서 제대로 교육받지 못하는 데 대한 아픔은 「가정환경조사」, 「임정남에게」, 「류일상에게」, 「놀이」 등에서 더욱 심화되어 표출된다.

그러나 이중현은 이러한 교육 현장의 비관적인 모습을 그려내는 데 그치지만은 않는다. 국토가 동강나고 민족과 국가가 양분된 현실에서 민족·민주·인간화·통일 교육이 이루어져야 하는 신성한 교육 현장이 군사훈련이라는 미명하에 들이닥친 탱크와 장갑차에 의해 짓밟혀지는 현실을 뼈아프게 여기며, "한라에서 백두까지/ 조선의 소나무들 바늘처럼 일어나는 함성으로/ 너희들이, 우리가 되찾아야 할/ 결코 멀리 있지 않은/ 한 이름의 나라가"(「팀스피리트」) 있다는 걸 상기하게 하여 아이들을 건강한 의식세계로 환기시키기도 한다. 또한 "분단된 조국의 아픔이/ 반공웅변대회 시상식장의/ 기쁨이 되고/ 가진 것 없는 자들의 배고픔이/ 재벌의 비계살이 되어도/ 조국과 민족의/ 무궁한 영광을 위해/ 몸과 마음을 바칠 것을 맹세시키는/ 우리는 누구인가"(「거울을 보며」)와 같이 교사가 서야 할 자리, 교사가 해야 할 책무가 무엇인가를 역설적으로 다짐하기도 한다. 그리하여 다음에서 나타나는 시와 같이 건강성을 회복하여 마침내 꿋꿋하게 일어선 교육운동가의 모습을 보여주게 된다.

(전략)

오냐, 오늘은 정말로

너희들의 참선생님이 되어보자

교실문을 힘차게 열며

참스승의 입구를 힘차게 들어서며

떠들고 장난치는 너희들을 바라보면

교실 가득 웃음 날리는

너희들을 가슴에 품어보면

깨끗한 미래가 보인다.

간밤의 꿈자리 더럽히던
독재의 무리들 단숨에 쓸어버리고
온갖 악의 이름의 뿌리
몽땅 뽑아내고
가시철망도 싹뚝 잘라내어
비로소 우리가 살아있다고 말할 수 있는
가슴 벅차게 해일 이는 미래가
아침 햇살로 눈부시다
– 「아침 교실에서」 부분

3)
천천히 계단을 내려섭니다.
해임통지서를 건네는
교장의 손과 얼굴 지우며
그 장면 확인하러 온
장학사의 이름 지우며
분노로 확확 찌는
삼복더위쯤 잊으며
12년 3개월의
긴 계단을 내려섭니다.

한 계단 내려서며

축구시합하던 날

선생님 반칙했다고

얼굴 시뻘겋게 대들던

이름이 기억나지 않는 아이 얼굴

한 계단 내려서며

몸살로 엎드린 너를

수업시간에 존다고 손바닥을 때린

씻을 수 없는 아픔

또 한 계단 내려서며

겨울 아침 맨발로 등교한 너를

발 한번 감싸주지 못한

속 좁은 담임이었던 나

다시 한 계단 내려서며

어려운 가정형편도 모르고

미술시간에 물감을 못 갖춘

너를 벌세웠던 못난 담임

발걸음을 옮길 수 없습니다.

못 간다

이대로는 못 간다

그 아이들이 나를 가로막습니다.
그 아이들에게 지은 죄의 벌로
학교를 나갈 수 없습니다.
학교에서 살아야 합니다.
아이들을 섬겨야 합니다.

교문을 나서서
뒤를 돌아봅니다.
돌아온다
해임통지서 구겨들고
뒤를 돌아봅니다.
반드시 돌아온다
주먹 으스러지게 쥐면서
다시 뒤를 돌아봅니다.
기어코 돌아온다
           ─「해임통지서를 들고」전문

　　인용시는 전국교직원노동조합 결성(1989. 05. 28)을 전후하여 쓰
여진 시들(제2부)을 대표할 수 있는 빼어난 작품이다.
　　12년 3개월 동안 지켜온 교단을 전국교직원노동조합에 가입
했다는 이유 하나만으로 박탈당하고, 정든 학교 계단을 내려오면
서 파행적인 문교 행정에 대해 치미는 분노와 그동안 교육 현장에

서 느낀 아픔을 담담하게 서술하고 있다.

교육 현장에서의 상황은 순간순간 바뀌며 그러한 것은 현장에 있는 교사만이 감지할 수 있다. 지배이데올로기가 유포된 교과서를 가르쳐야 하는 현실, 인간성을 말살하는 점수따기 식의 교육을 해야 하는 모순된 구조 속에서 오늘날의 교사는 도대체 얼마나 민족·민주·인간화 교육을 실현할 수 있을까? 이중현은 지배세력에 의해 내쫓기는 순간에 교사가 무엇을 어떻게 해야 하는가를 깨닫게 된다. 그것은 다름 아닌 지나간 교육 현장에서의 편린들을 자책하고 성찰하는 데서 찾아볼 수 있다. 벼랑 끝에서 잡은 풀뿌리를 놓아버림으로써 도(道)를 찾을 수 있다는 불가의 가르침과도 같이 핍박받음으로써 교사가 해야 할 소명이 무엇인가를 깨닫게 되는 역설적인 상황을 위의 시에서는 보여주고 있다.

교육노동자라면 누구나 한 번쯤은 톱니바퀴의 한 부분과도 같이 어찌할 수 없이 단순한 지식전달자 노릇밖에 할 수 없는 구조적 모순 속에서 갈등을 느끼게 된다. 그러나 이러한 구조적 모순 속에서 어떻게 구체화된 모습으로 교사, 학생, 학부모가 만나야 하는가는 교육노동자 모두가 감당해야 할 일이다. 이중현 역시 예외가 아니며, 문예활동가로서 그가 시로써 형상화해야 할 책무가 여기에 있는 것이다.

이중현 외에 많은 시인들이 전교조와 관련된 작품들을 발표한 바 있다. 거기에 나타난 작품들은 주로 전교조의 사수, 투쟁 혹은 전교조의 당위성을 그려내어 담고 있다. 이들 작품에 나타나는 주된 양태는 전교조의 당위성을 부각하느라 추상적인 데 머물러 있고, 구체화된 모습으로 그려내지 못하고 있다(물론 뛰어난 작품들이 없다는 것은 아니다).

따라서 이러한 것들—참교육의 구체화된 양태—을 어떻게 형상화하여 대중들로 하여금 인식을 공유하게 하고, 시인 자신뿐만 아니라 시인이 속한 집단까지 해방시키는 무기로써 역할을 할 수 있도록 하는가는 이중현뿐만 아니라 다수의 교육 문예활동가들이 감당해야 할 임무이다.

4)
얼음기둥 짓누르는 땅속에서도
서로를 끌어안고 뒤엉켜 있는
맨몸의 풀뿌리
푸르게 부활하는 풀들의 근거를
뜨겁게 바라보았다.

하루분의 목숨을 실어나르는
좌판, 포장마차를 빼앗긴
노점상의 울부짖음과
아이들과 교단을 강탈당한
교사들의 절규가 다름이 없을 때

흘린 땀, 부서진 뼈의 무게와

추곡수매가를 저울질하며

마른 침 삼키는 농민의 울분과

교과서 한 장 한 장 넘길 때마다

사랑과 분노 가늠해보며

목이 잠겨오는 교사들의 속울음이

다름이 없을 때

펄떡이는 근육의 힘이

내 것이 아닌

남의 것으로 되어버린

노동자들의 속살 저미는 아픔과

분필가루 먼지를 마시며

아이들을 안고 가는 교사의 노동이

권력의 몫으로 살찌는 고통과

다름이 없을 때

우리들의 절규와 울분

우리들의 사랑과 분노

우리들의 아픔과 속울음이

틀림이 없을 때

하나로 끌어안고 뒤엉켜 있을 때

푸르디푸르게 되살아날

우리들 나라의 근거를

뜨겁게 바라보았다.

- 「풀뿌리」 전문

　이중현 시의 장점은 비관적인 현실을 직면할 때 그 자체를 노
래하는 개별적인 토로에 그치지 않는다는 것이다. 상황을 인식할
때는 단순함에 머물지 않고 다른 부문과 연관지어 해결하려는 의
지를 표출하고 있다. 곧 인용시에서 드러나는 것과 같이 '참교육'
을 외치다가 교단을 빼앗긴 교육노동자의 입장과 열심히 일하고
도 생존을 강탈당하는 노점상의 위치와 뼈 빠지게 고생하고도 제
값 못 받는 농민의 입장, 그리고 애써 일한 노동의 대가가 자본가
의 독식으로 채워지는 노동자의 처지를 대등한 눈으로 바라보고
있다. 아니 바라보는 데 그치는 게 아니라 핍박받는 교육노동자
와 현장에서 일하는 노동자, 농민이 연대하여 함께 부활하는 의
지를 표출하고 있다.
　이러한 관점은 「김홍도의 '씨름'을 보며」에서는 씨름판 자체를
구경하는데 그치는 게 아니라 과거 김홍도의 씨름판이 "재벌들의
팔자걸음/ 조선 팔도가 휘청거리는데/ 교사들의 흘린 피로/ 군부
독재 입술 치장하고/ 깡마른 논밭의 어깨 밟고/ 형제들 신음소리
미소로 화장하고/ 독재 권력이 근엄하게 일어서는/ 끝내 승부를
가리고야 말/ 역사의 씨름판"이 되어 현재 속에 살아 움직여 마침
내 제국주의와 권력과 재벌도 모래먼지로 만들고야 마는 미래에

대한 낙관적인 전망을 보여준다.

　이 외에 노동자와 자본가의 이원적인 양태를 일개미와 여왕개미로 은유하여 보여주는 「관찰법」, "빠짐없이 기록해보자/ 쿠데타 5월 광주 분단 외세/ 독점재벌 독재 권력/ 문단 나누기를 하며/ 중심 내용을 정리하며/ 단단히 기억해두자/ 노동 민중 통일 자주 민주 참교육/ 낱말 뜻 새기며/ 글짓기를 하자"와 같은 「국어 시간」, "서울에서 평양까지/ 한라에서 백두까지/ 거리를 측량하자/ 철조망 가위로 싹뚝 잘라버리고"와 같은 「산수 시간」 등에서 그가 바라고 염원하는 세계를 구체적으로 형상화하여 현재의 사회적 조건으로부터 발전된 미래사회의 구체적 가능성을 형상화하고 있다.

5)

　한 사람의 시세계의 변모를 살펴볼 때 이중현 시인처럼 의식이 건강하게 발전하는 시인은 보기 드물다. 앞에서 언급한 바와 같이 단순한 관찰자의 입장에 머물러 있던 『물끄러미 바라본 세상』에서 『아침 교실에서』와 같이 부조리하고 모순된 교육 현장을 극복하고자 하는 몸부림이 교육 현장 자체의 문제에 국한하는 게 아니라 다른 부문과 연계성을 띠고 발전해가는 세계관의 변모에 대해 놀라지 않을 수 없다.

　시인 이중현은 아직 젊다. 그리고 해야 할 일이 많다. 교육 문예활동가로서 그의 무기는 글이다. 따라서 그가 바라고 염원하는 민족·민주·인간화·통일 교육을 실현하자면 이 땅의 현실에 더욱 천착하여 그러한 것들을 구체화된 살아있는 모습으로 형상화하여 학생, 학부모 아니 이 땅의 모든 이들에게 되돌려줘야 한다. 그러자면 그는 끊임없이 자신과 싸움을 게을리하지 말아야 할 것이다. 더욱 견고한 그물을 들고 나타날 어부의 모습을 그리며, 그의 건투를 빈다.

판타지 그러나
너무나 사실적인[*]

얼마 전 재일본 민족학교에 근무하는 벗이 와서 이런저런 이야기를 나누게 되었다. 학력고사란 이름으로 대학입학시험을 치르던 시절, 한국에서 교사를 한 적이 있는 그는 요즈음 한국의 교실 풍경에 대해 물었다.

그래서 다른 지방의 형편은 잘은 모르나 학원가가 많은 서울 강남 지역의 일부 고등학교는 수업시간에 교사의 눈을 피해 과외나 학원 숙제를 하는 학생들이 더러 있다, 그 이유는 돈을 많이 낸 곳에서 내는 숙제는 당장 점검을 받아야 하고 그것을 소홀히 했을 경우 부모에게 추궁을 받게 되니 교실에서 수업을 하는 담당 교사의 눈을 속여서라도 문제집을 풀어 가야 한다, 수업의 질과

---

* 『우리들의 아름다운 나라』, 김진경, 문학동네

는 별개의 문제다. 심지어 해당 수업 시간에 충실하지 못한 학생을 복도나 교실 뒤편에 내보내도 그들은 그곳에서도 복사물로 된 문제집을 풀어가려고 할 정도로 절박해 한다고 말해줬더니 벌린 입을 다물지 못했다. 학교에서는 숙제를 내주지 않은 지 오래되었다는 말은 차마 하지 못했다.

해방 이후 그 이유야 어찌 되었든 우리나라의 교육제도는 짧은 세월에 비해 지나치게 많이 바뀌어왔다. 외국어고등학교는 외국어에 자질이 빼어난 학생들을 육성하여 국내외의 문화교류에 이바지하게 한다는 본래의 취지를 잃고 이른바 일류대학교를 보내기 위한 방편으로 전락한 지 오래되었다. 교육기관에서는 공교육 부활을 외치고 있지만, 그와 상충하는 국제중학교를 세우고 있으니 본래의 취지와는 달리 아이를 그곳에 보내고자 하는 학부모 간의 과열 경쟁은 말할 나위조차 없으며, 그에 따라 사교육 시장이 비대해질 것은 강 건너 불 보듯 한 일이리라.

"어머니 아버지, 학교에 다녀오겠습니다"가 아니라 "선생님, 집에 다녀오겠습니다"가 일상이 된 학생들의 현실, 하나를 반듯하게 하고자 하면 다른 곳이 일그러지게 되고, 자율과 자유와 평등의 본래적 의미가 퇴색하고 다른 이야 어찌 되든 나 하나 잘 되면 그뿐이라는 극단적 이기주의가 팽배해 있는 학교 현실에 눈이 시릴 뿐이다.

세상살이를 어렵고 힘들게 하는 것 중 소통이 되지 않는 게 그 으뜸이리라. 물이 흘러야 할 물꼬가 막히고, 자동차가 가야 할 길이 막히면 답답해진다. 현실이 왜곡되고 일그러졌을지라도 다양한 의견과 생각들을 조율하여 바른길을 제시하고, 더딜지라도 그 길이 이루어진다면 미래는 암담하지 않을 것이다.

『우리들의 아름다운 나라』는 판타지를 통하여 소통의 문제를 말하고 있다. 자본이 침투하여 학생들에게 '시계모자'를 씌우고 중앙시계탑에서 그들을 제어하는 것은 소통이 되지 않는 사회 현실을, 획일적이고 일방적인 교육 현실을 빗댄 것이리라. '공부 잘하는 기계'라는 그럴듯한 이름으로 포장된 '시계모자'는 아이들과 학부모, 교사들을 혼란스럽게 하나 차츰 시간이 흐름에 따라 끝내 사회 전반에서 시계모자를 쓰는 현실을 당연하게 여기게 된다. 자본의 논리가 교육부를 '교육시계부'로 바꾸고, 표준시를 지구 반대편의 기준에 맞추어 아이들의 생활이 낮과 밤이 바뀌어 저녁에 등교하여 아침에 하교를 하게 된다. 이러한 현실에 반대하는 아이들이 마침내 '시계모자를 거부하는 아이들의 모임'을 만들게 되고, 다양한 계층과 함께 시계모자로 아이들의 의식 구조를 통제하는 중앙시계탑을 공격하게 되는 글 속의 현실은 분명 판타지다.

그러나 판타지임에도 불구하고 마음이 허허로운 것은 왜일까. 시계모자니 교육시계부니 하는 작가가 의도한 다양한 장치들을 현실의 언어로 바꾸어 놓는다면 판타지와 현실은 그 구별이 무의미해진다.

현실이 다양한 판타지를 생산하게 하고, 판타지가 현실을 돌아보게 한다. 생텍쥐페리의 『어린 왕자』를 어찌 아이들이 읽는 동화로만 생각하겠는가. 그 속에 나오는 금강석같이 아름다운 본질은 지금도 우리에게 반짝이며 다가오고 있지 않은가.

… 활자는 반짝거리면서 하늘 아래에서
간간이
자유를 말하는데,
나의 영(靈)은 죽어 있는 것이 아니냐.

벗이여,
그대의 말을 고개 숙이고 듣는 것이
그대는 마음에 들지 않겠지.
마음에 들지 않어라.
– 김수영, 「사령」 부분

입이 있어도 아파서 말하기 어려운 요즈음이다. 분단의 비극과 가난에 주눅 들지 않는 시대에 태어난 세대들이 잠시 가물다고 이파리를 축 늘어뜨리고 서 있는 나무가 아니라, 역경을 이겨내고 싱싱한 여름나무로 기지개를 펴고 자랄 수 있게 북을 돋우고 물을 흠뻑 줘야 한다. 그러한 역경을 이겨내고 현실을 성찰하게 하는 동기를 부여해주는 게 독서가 아니겠는가. 김진경의 『우리들의 아름다운 나라』가 바로 그러한 책이다.

꽃 피는 것만 알고
꽃 지는 것을 모르는*

독만권서(讀萬券書) 행만리로(行萬里路). 좋은 말이다. 이는 애초에 명나라 말엽의 문인이자 서화가인 동기창(董基昌)이 화가란 모름지기 '만 권의 책을 읽고 만 리 길을 여행하고' 나서 그림을 그려야 한다는 뜻으로 한 말이다. 하지만 시대를 막론하고 사람에게 두루 통하는 말이 아닐까 생각한다.

많은 책을 읽고 세상의 여러 곳을 여행한다면 생각이 치우치지 않을 거고 수많은 풍정이 가슴에 사무쳐 가라앉아 앙금으로 남을 것이다. 꽃 피는 것만 알고 꽃 지는 것을 모르진 않을 터이고, 계절의 순환과 별자리의 운행으로 자연의 섭리를 이해하고 하늘이 그에게 낸 숙제가 무엇인지 알고 순명(順命)할 것이다.

---

* 『해남 가는 길』, 송언 지음, 김의규 그림, 우리교육

사람에 따라 봄을 사랑하는 이도 있고, 겨울을 사랑하는 이도 있다. 혹은 사계절을 두루 사랑하는 이도 있을 것이다. 여행자도 그러하다. 낯선 풍광을 즐기는 이도 있을 것이고, 날마다 보던 풍광도 늘 새롭게 받아들이며 즐기는 이도 있을 것이다. 그런데 낯선 풍광을 즐기는 것은 쉬우나 날마다 보던 풍광을 늘 새롭게 감상하기란 쉬운 일이 아닐 것이다. 이 경지는 심신의 공부가 일천해서는 다다르기 어렵고, 알음알이로 이해할 수 있는 게 아니다. 조약돌이 되기까지 모난 돌이 수없이 물살에 부대꼈듯이 오랜 심신의 공부가 함께해야 얻어지게 되는 것이다.

오래 전 격포에 갔다가 민박을 하게 되었는데 파도가 처마를 때리는 소리에 잠을 이루지 못했다. 초저녁에 물은 멀리 나가 몸을 낮추고 있다가 새벽에 물때가 되어 움츠리고 있던 어깨를 펴고 내가 머물던 민박집 발치까지 와서 그 존재를 확인시켜 주었다. 문제는 다른 이들은 대부분 곤하게 잠들고 있었는데 나와 몇몇 사람들만 그 환경에 적응하지 못하고 낯설어했던 기억이 있다.

산행을 할 때 같은 길을 가더라도 갈 때와 올 때의 느낌이 완연이 다른 걸 경험하는 경우가 있다. 하물며 자동차를 타고 다니며 보는 경관과 걸어 다니며 보는 풍광이 같을 수 있겠는가. 여행지의 속살을 대하며 그곳 사람들의 문화와 인정을 느낄 수 있는 것은 아무래도 걸어 다녀야 제격일 것이다.

한때 몇 해 동안 겨울이 되면 네팔로 가서 안나푸르나 산군 주변과 랑탕 고사인쿤드 지역을 트레킹 여행을 했다. 다닐 때는 힘들고 고통스러워 다음에는 많이 걷지 않고 편하게 여행을 해봐야지 하는 생각을 품고 있다가도 일정을 마치고 비행기가 카트만두 상공을 이륙하는 순간 또 트레킹을 와야지 하는 생각이 드는 것은 어찌된 심사인지… 돌아와서 그 마음자리를 가늠해보니 낯선 풍광과 음식을 체험해보는 것도 지난 여행을 그리워하게 하는 한 요인이지만, 일정 동안 겪었던 고생과 힘듦이 그 그리움의 중심에 똬리를 틀고 있는 것을 발견하게 된다. 중독이란 친구는 아름답고 편했던 때보다 황량하고 거칠고 힘들었던 순간을 더 가까이하는가 보다. 나는 여행 기간 힘들고 고통스러웠던 순간들을 그리워하고 어루만지며 또 그러한 여정을 꿈꾸며 떠날 준비를 하게 되는 것이다.

여행이란 여행지의 풍광과 음식 등이 중요하지만 무엇보다 함께하는 이들도 매우 중요하다. 만약 함께하기 싫은 사람들이 동행하게 된다면 여행 기간 그들은 무간지옥이 멀리 있지 않다는 것 알게 될 것이다. 생활에서 가족은 가장 중요한 구성원이지만 정작 가족과 여행을 하기란 쉽지 않다. 가족은 서로 대가 없이 주는 것이 너무 많고, 가까이 있기에 서로 잘 이해하고 아는 것 같으나 뜻밖에 모르고 있는 게 너무 많다. 내가 아는 이들 중 단체 여행에 부부가 함께 참여했다가 어려운 일을 당한 이도 있고, 뜻하지 않게 낭패스러운 경험을 하고 난 뒤 아예 부부가 같이 여행을 하지 않고 각자 다니는 경우를 보기도 한다.

어머니와 딸이라면 어떨까, 아니면 아버지와 아들이 함께 여행을 한다면, 그것도 추운 겨울에 매서운 바람을 동무삼아 배낭을 메고 걷다가 배고프면 동태찌개나 청국장을 사 먹고, 걷다가 지치면 값싼 여관에서 함께 쉴 수 있는 아들이 동행하는 길이라면.

『해남 가는 길』은 바로 이런 여행의 체험기이다. 고등학교 3학년을 올라가는 아들과 글을 쓰는 쉰 살의 아버지가 아흐레간 수원에서 해남까지 걸어간 노정의 기록이다. 단순한 노정기가 아니라 살가운 말을 주거니 받거니 하며, 아버지는 아들의 발톱을 깎아주기도 하고, 코밑이 거뭇거뭇한 아들은 술을 즐기는 아버지가 외로워할까 봐 한 잔씩 대작을 한다. 여정에 관련이 있는 명창 김창진과 화가 이응노, 시인 이광웅 등의 인물들이 아버지의 입담을 타고 아들의 가슴으로 걸어 들어간다. 출발과 도착에 즈음하여 아들의 어머니와 누이가 이들 부자를 배웅하고 마중을 나가는 정경엔 추운 겨울밤 이마를 마주대고 화롯불에 군밤을 구워 먹던 농경사회의 여느 집 풍경 같아 콧날이 시큰해진다. 고드름 맺혀 있는 초가집이 듬성한 시골 고샅길, 가슴 붉은 토담이 맨살 드러내고 이월의 양광을 맞아 속살대고 있는 듯.

격외(格外)의
창가에 서서

1)

십수 년 전, 박 선생 기용(基容)과 나는 어깨를 맞붙이고 옆자리에 앉은 적이 있었다. 그 시절의 학생부 자리였으니, 지금 단대부고 진로상담부의 한 모서리일 게다.

어느 늦은 봄날 우리는 우연히 각자 앞날의 희망사항에 대해 이야기하게 되었는데, 그때 박 선생은 그림공부를 하고 싶다고 조심스레 말했고, 나는 걸림 없이 글을 쓰고 싶다고 했던 것 같다. 박 선생은 대학 시절부터 그림에 관심이 있어 꾸준히 공부를 해왔고, 그걸 추운 겨울날 화롯불의 온기 모양 늘 가슴속에서 보듬고 쓰다듬어왔음을 여러 해가 지난 뒤에 알게 되었다.

이러구러 시절이 흘러 나는 높고도 얕은 세파(世波)의 물마루를 타고 다섯 해 가량 외유(外遊)를 하고 다시 학교로 돌아오게 되었는데, 그때의 나는 여전히 설익은 글을 쓰는 치기 어린 소년(少年)이었고, 박 선생은 여름철 뙤약볕을 내리받아 향기가 나는 참외가 되어있었다.

당시 전시회에 걸린 선생의 그림들은 나와 같은 문외한(門外漢)에게 보이기에는 유화나 수채화는 쓸쓸하면서도 따뜻했고, 크로키는 그리움 같은 게 느껴졌다. 그로부터 몇 번의 꽃이 피고 잎이 자랐다가 진 작년 가을 어느 날, 선생의 그림들을 다시 볼 기회가 있었다. 그의 유화는 주제에 얽매여 있다고 느껴졌던 초기에 비해 원숙해졌고, 크로키의 선(線)은 주어진 길을 찾아가는 듯했던 이전보다 더욱 자유롭고도 단순해졌다. 그 속에 담긴 인물은 외롭고 쓸쓸하였다.

2)

이번에 선(選)보이는 박 선생의 작품들을 보면서 나는 이전의 선생에 대해 가졌던 생각이 협소했음을 느꼈다.

주로 여인을 대상으로 한 초기 크로키에서 보였던 단아하고 외롭고 쓸쓸했던 이미지는 얼굴을 바꿔 산수화의 한 풍광(風光)을 보여주고 있기도 하고, 때로는 옷을 벗은 겨울나무의 풍골(風骨)을 의연하게 말하고 있기도 하였다.

남성을 대상으로 한 작품에서는 마치 1970년대 이소룡이 보여준 박진감 넘치는 무예의 한 경계가 서려 있는 듯도 하고, 요즈음 젊은이들이 즐겨하는 랩이나 발라드가 그 어깨에 내려앉은 것도

242

같았다. 그리고 때로는 겨울철 눈밭을 치달리는 사냥꾼의 말발굽 소리가 그의 그림에서 들려오기도 하였다.

군상(群像)이 등장하는 작품에서는 문인화(文人畵)나 한국화, 구상(具象)과 추상(抽象)의 경계가 무너져 있었다.

3)

옛날 빼어난 선지식(善知識)은 수행자(修行者)의 공부가 깊어 견성(見性)을 할 즈음이면 그 그릇을 알아보아 격외(格外)의 창(窓)가에 앉게 하여 그 공부를 완성케 하였다 한다.

이번에 전시하는 박 선생의 그림들을 보며, 선생이 생(生)에서 격외(格外)의 창가에 앉아 있는 게 아닌가 하는 생각이 들었다. 그 붓끝에 물기가 올라 마치 무용수가 지면을 도약하여 발이 허공에서 그 자유정신을 표현하는 단계에 이른 것 같다.

"글씨 연습은 난초를 그리면서 했고, 난초를 그릴 때는 글씨를 쓰듯 했다"는 완당(阮堂) 선생의 말씀이 때늦은 감이 있다.

난생유분(蘭生有芬)하리라.

혜초(慧超)와 함께
서역기행을 하고서

국립중앙박물관에서 개최하고 있는 실크로드와 둔황(敦煌) 전시회에 가게 되었다. 이런저런 전시회 관람하기를 좋아하는 내게 실크로드와 둔황 전시회는 물실호기(勿失好機)란 의미로 다가왔다. 둔황 전시회라 해서 가고 싶었다기보다 그 중심에 신라 승려 혜초(慧超, 704~787)의 〈왕오천축국전(往五天竺國傳)〉이 놓여 있다기에 더 솔깃했다.

혜초의 〈왕오천축국전〉은 1908년 프랑스의 동양학자 폴 펠리오(Paul Pelliot)에 의해 중국 둔황 막고굴 장경동에서 발굴되어 프랑스로 가 있다가 이번 전시회에 즈음하여 고국에 석 달 간 나들이를 오게 되었다. 나들이라는 말이 불편하다면 친정 등으로 바꿔 불러도 좋겠으나 그나마 펠리오가 아니었더라면 이번에 〈왕오천축국전〉을 볼 수 없었을지도 몰랐다.

혜초는 배를 타고 중국으로 갔다가 베트남을 거쳐 말레이반도로 해서 인도로 갔을 것이라 추정한다. 물론 그 근거는 〈왕오천축국전〉에 있다. 인도에서 불교의 8대 성지를 순례한 후 페르시아와 아랍을 거치고 중앙아시아를 지나 파미르 고원을 넘는다. 그리고 쿠차와 둔황을 거쳐 당나라의 장안으로 돌아왔다. 열아홉의 젊은 나이에 구법(求法) 기행을 감행하여 4년 만에 약 2만 킬로미터의 여정을 방랑한 것이다.

관점에 따라 혜초의 신심에 감복하기도 할 수 있겠으나, 나는 청년 여행가 혜초의 열정에 감탄을 금치 못하겠다. 여행을 해본 사람은 알 것이다, 혜초가 간 길은 고행길이었을 것이며, 황홀하였을 것이며, 목숨을 걸고 갔던 길이었을 것이라고.

승려들의 염주는 번뇌를 다스리는 도구이겠으나, 때로는 구법 기행 중에 열반하게 되면 그 보리수 염주가 흙을 만나 싹을 틔워 그 자리가 구법승이 이승에서 마지막 호흡을 한 표지가 되기도 한단다.

비행기를 타고 몇 시간 걸려 인도나 네팔을 가고 여러 날 동안 몇백 킬로미터의 트레킹을 하는 것은 요즈음에도 적잖은 용기가 필요하다. 실제 5천여 미터의 고지대를 여행하다가 안타까운 일을 당했다는 신문기사가 간혹 나기도 한다.

5천 미터 정도의 고갯길을 몇 번 넘어봤으나, 나는 혜초가 간 길은 감히 가늠조차 할 수도 없다. 거룩하고도 위대할 뿐이다. 요즈음 여행자들은 튼실한 등산화를 신고, 고기능성 등산복을 입고, 또 무거운 짐을 운반하는데 포터가 도움을 주고, 셰르파가 길을 안내를 한다. 그런데도 일반인들은 네팔 트레킹을 쉽게 엄두를 못 내는데, 하물며 8세기 무렵은 어떠했을까. 청년 여행가 혜초는 진정한 세계인이었으며, 그의 여행길은 죽음과 삶이 멀리 떨어져 있는 게 아니었을 것이다. "404년 지맹은 당참 등 15명과 함께 장안을 출발해 서행 구법을 떠났다. 그의 일행이 천축에 도착하였을 때는 10명이 죽거나 낙오하고 5명만 무사히 도착했으며, 뒷날 장안으로 돌아왔을 때는 지맹과 당참 두 사람만 살아 돌아왔다"고 〈왕오천축국전〉은 말하고 있다.

불교 성지를 돌아보겠다는 한 생각으로 발길을 옮겼겠지만, 때로 솟구치는 고국에 대한 그리움은 참을 길 없었나 보다. 혜초는 중천축국에서 석 달 동안 걸려 남천축국에 내려갔을 때 달밤에 바람이 불어 하늘에 흩날리는 구름을 보며 향수를 시로 달랬다.

달 밝은 밤에 고향길 바라보니
뜬구름은 너울너울 돌아가네.
그 편에 감히 편지 한 장 부쳐보지만
바람이 거세어 화답이 들리지 않는구나.
내 나라는 하늘가 북쪽에 있고
남의 나라는 땅끝 서쪽에 있네.
일남(日南)에는 기러기마저 없으니
누가 소식 전하러 계림(鷄林)으로 날아가리.

혜초는 이렇듯 고국을 그리워했으나 돌아오지 못하고 장안에서 일흔여섯의 나이로 세상과 작별했다. 그는 돌아오지 못했으나, 그가 기록한 여행기는 1300여 년 만에 고국으로 돌아와서 많은 사람들을 만나게 되었다.

몇 시간 동안 혜초가 방랑한 인도를 거쳐 페르시아며 티베트며 돌궐을 순례하다가 마감 시간 가까이 되어서야 그의 여정을 돌아서서 나오니 승려의 얼굴 같은 둥근 달이 빙긋 웃으며 발길을 비춰 준다.

동파진적(東坡眞蹟)
백수산불적사유기(白水山佛跡寺遊記)를
관람하고

중국 송나라 때의 시인 소동파(蘇東坡, 1037~1101)가 백수산(白水山)을 돌아보고 쓴 유람기 〈백수산불적사유기(白水山佛跡寺遊記)〉를 단 5일간만 공개한다는 기사를 보고 가슴이 일렁대는 것을 주체할 수 없었다. 전화 예약으로, 그것도 1시간에 5명만 입장시킨다고 하였다. 시간에 맞춰 전화를 하니 요일마다 관람할 수 있는 시간대를 알려줬다. 대부분 시간대가 찼으나 다행히 빈 시간대가 있어 안복을 누릴 수 있게 되었다.

이번 전시가 가능하게 된 것은 검여(劍如) 유희강(柳熙綱, 1911~1976) 선생 덕분이다. 유희강은 명륜전문학교 출신으로 추사(秋史) 이래 최고의 명필이라 평가받고 있다.

소동파의 〈백수산불적사유기〉는 북송 철종 2년(1095, 고려 현종 1년) 3월 현재 중국 광동성(廣東省) 후이저우(惠州)에 있는 백수산 불적사를 유람하고 남긴 글로, 지난 세월 많은 문인들에게 회자돼 왔다. 130자(字)로 가로 3.6m, 세로 0.5m 크기다.

송나라 보물인 소동파의 진적(眞蹟)이 고려로 온 이유는 고려 충선왕이 원의 황제 계승에 관여하여 인종(仁宗)을 등극시키는데 지대한 공헌을 했고, 이에 대한 보답으로 인종이 망한 남송 황실 도서관 비각(祕閣)의 도서 일부를 충선왕의 아들인 충숙왕에게 하사했기 때문이다.

〈고려사〉 권34 충숙왕 원년(1314) 7월 갑인일 기사에 원 황제 인종(仁宗)이 충숙왕에게 남송의 왕실도서관에 소장된 서적 4,371책 17,000권을 하사한 기록이 있다. 그 후 충선왕을 보필한 공로로 공신(功臣)이 된 이언충이 원에서 받은 비각 문서인 동파의 글씨를 하사받은 것으로 보인다.

이언충은 7년 뒤 충숙왕 8년(1321) 10월에 원에 하정사(賀正使)로 파견되었고, 이때 갖고 간 동파의 글씨에 원말 4대가인 황공망(黃公望, 1269~1354)과 조맹부의 아들 조옹(趙雍, 1289~1369) 등의 발문을 받았다. 이후 글씨는 이언충의 아들 이광기(李光起) 때 윤원무(尹元茂)에게 이동하게 된다. 뒤에 임진왜란 때 진주성 전투에서 전사한 윤탁(尹鐸)의 종손에게 이어졌다.

검여 유희강은 1950년 후반 친족관계에 있던 파평 윤씨(坡平 尹氏) 종손이 미국으로 이민을 갈 때 이 작품을 구입하게 된다. 검여는 환갑을 맞은 1971년 본인의 제명(題名)과 연민(淵民) 이가원(李家源) 선생의 발문을 더하여 동파의 글을 재(再)표구했다. 1975년 한국을 찾은 요몽곡(姚夢谷, 1912~1993)의 감정을 받았고, 1976년 5월 동파의 글씨를 언론에 공개했다. 그리고 이번에 처음으로 일반에 공개하기에 이르렀다.

입장시간보다 일찍 간 나는 검여 유희강 선생 기증 특별전II "파두완벽(坡肚阮癖)" 포스터를 보고 소완재(蘇阮齋)란 현판 글씨가 걸려있는 공간으로 들어갔다. 그리고 곧 그곳의 웅혼한 글씨에 압도당하고 만다. '관서악부(關西樂府)'란 제하(題下)의 글씨가 10여 미터가 넘는 공간 벽면에 걸려있었다. 글씨에 문외한이지만 목덜미로 서늘한 기운이 흘러갔다. 무려 34미터란다.

관서악부 한 점이 더 있는데 조선시대에 시·서·화 삼절로 유명한 강세황(姜世晃, 1713~1791)의 글씨다. 강세황의 글씨는 6미터이다. 석북(石北) 신광수(申光洙, 1712~1775)의 글도 글이려니와 글씨와 관련된 일화는 가슴을 아리게 한다. 신광수는 강세황에게 관서악부 글씨를 부탁하고 작품이 완성되기 전에 세상을 떠났다. 추사 이후 최고의 명필로 평가 받는 검여 유희강은 관서악부를 써서 벗 청명(靑溟) 임창순(任昌淳, 1914~1999) 선생에게 교정(校正)을 부탁한 사이에 생을 마치게 된다. 유희강이 쓴 관서악부 발문(跋文)은 청명 선생이 쓰게 된다.

그때 입구 쪽에서 누가 소리를 치며 손짓을 한다. 잰걸음으로 가니 입구 앞에 10명 정도의 사람이 줄을 서 있다. 코로나 바이러스로 시간당 5명만 입장시킨다는 게 변화가 있는가 보다. 학예연구사가 이번 전시 제목과 포스터에 대해 설명을 한다.

이번 전시의 제목 "파두완벽(坡肚阮癖)"의 파(坡)는 소동파(蘇東坡)를 가리킴이요, 두(肚)는 배, 완(阮)은 완당(阮堂) 김정희(金正喜)를 이른다. 그러니 동파와 완당은 검여 유희강이 사숙(私淑)하는 스승이요, 벗인 셈이다. 두(肚)는 동파가 평생을 두고 지향했던 상의(尙意)의 상징이요, 벽(癖)은 완당의 호고(好古)하고 예술을 사랑하는 병통(病痛), 곧 문자향(文字香)과 서권기(書卷氣)를 이른다. 옆방 입구에 걸린 나무 편액 소완재(蘇阮齋)는 소동파와 완당 김정희의 예술정신을 함께 하는 집으로 검여 유희강의 당호(堂號)이자 아호(雅號)이다.

해설자는 다소 격앙된 목소리로 〈백수산불적사유기〉가 어떻게 고려로 흘러들어오게 되었는지 설명하기 시작한다.

〈백수산불적사유기〉 옆에는 소동파의 '적벽부(赤壁賦)'가 자유롭고 굽이치는 필세로 걸려있다. 유희강 선생의 글씨다. 바로 옆에는 유희강 선생이 쓴 적벽부 글씨를 아크릴판에 조각도로 하나하나 파서 닥종이를 두드려 글씨를 형상화하고 먹으로 색을 입혀 입체미를 더한 작품이 눈에 띈다. 새로운 시선으로 바라보고 창작한 신학 작가의 적벽부 작품이다. 이렇듯 소동파와 완당 김정희와 검여 유희강 선생의 작품을 중심으로 여러 분야에서 활동하는 예술가 9인의 헌사 작품이 함께 전시되고 있다. 이들 현대 작가들은 동파(東坡)와 완당(阮堂)과 검여(劍如)를 소환하여 자신의 작품을 보여주고자 한다. 이른바 오마주요 소완재(蘇阮齋)가 미래로 나아가는 허브임을 말하고 있다.

한 스님이 혼자 읽기가 멋쩍었는지 아주머니를 모시고 〈백수산불적사유기〉를 읽는다. 스님의 목소리에서 여름날 개울물 흐르는 소리가 난다. 그가 읽는 글을 따르다가 출(出) 자 앞에서 나는 침을 꼴깍했다. 같은 글씨가 바로 뒤에 나오면 표시를 하고 과감하게 생략을 한다. 시집을 낼 때마다 머리를 쥐어뜯으며 퇴고를 해보지만 시집을 내고서야 버려야 할 것을 버리지 못한 것을 알게 된다. 가운데 중(中) 자는 바로 다음에 나오는 폭포를 염두에 두고 의도적으로 가운데 선을 길게 뻗어 내렸다. 기운찬 필세는 물이 거침없이 벼랑에서 뛰어내리는 것 같다. 〈백수산불적사유기〉를 감상할 때 이 중(中) 자를 유념해야 할 것이다. 압권(壓卷)이다.

〈백수산불적사유기〉는 글씨가 백수산 풍광을 담고 있고, 고상하고 맑은 향기가 난다. 언어가 간결하고 군더더기가 없어 여러 번 읽어도 싫증이 나지 않고 여운이 오래간다.

〈백수산불적사유기〉를 몇 번이고 읽고 우리말로 새겨보지만, 공부가 짧아 군데군데 막히는 것은 어쩔 수 없었다. 한문교육기관에 다닐 때 술을 조금 줄이고 더 열심히 할 걸 하는 생각이 머리를 스치고 간다.

돌아오는 동안 의문이 나는 것을 곰곰이 생각하다가 집에 와서 눈 밝은 선생님께 여쭈어보고 잠이 들었다. 아침에 일찍 일어나 아직 남은 미진한 것을 문의하여 선생님의 아침을 앗아버리고 마침내 반가운 소식을 듣고 나서야 마음에 어두운 구름이 사라지고 밝은 빛이 들었다. 아래는 필자의 번역이다.

白水山佛跡寺遊記

紹聖二年三月四日 詹使君邀予遊白水山佛跡寺 浴於湯泉 風於懸瀑
之下 登中嶺望瀑所從出 出山肩輿 筇行觀山 且與客語 晚休於荔浦
之上 曳杖竹陰之下 時荔子累累如芡實矣 父老指以告子曰 是可食
公能携酒復來 意欣然許之 因書以記歲月 同遊者柯常林抃王原賴仙
芝 詹使君名範 蓋予蘇軾也 東坡居士眉山蘇軾書

백수산 불적사 유람기

소성(紹聖) 2년(1095, 북송 철종 2년, 고려 헌종 1년) 3월 4일에 태수[使
君: 태수 혹은 자사] 첨(詹)이 나를 초청하여 백수산 불적사를 유람
했다. 탕천에서 목욕하고 폭포 아래에서 바람을 쐬고 중령에 올
라 폭포가 쏟아져 나오는 곳을 바라봤다. 가마를 타고 산을 나와
서 지팡이를 짚고 산을 바라보며 걸었다. 또 유람객들과 얘기를
나누고, 저물녘 여포(荔浦) 가에서 쉬고, 대나무 숲 그늘 아래에서
지팡이를 끌며 산책도 하였다. 이때 여지 열매가 가시연밥 모양
주렁주렁 달려 있었다. 늙은이들이 가리키며 나에게 알리어 말
하기를 "이것은 먹을 수 있습니다. 공께서 술을 가지고 다시 오
실 수 있습니다." 속으로 기뻐하며 그러하마 했다. 그래서 글을
써서 해와 달을 기록한다. 함께 유람한 사람은 상림(常林) 가변(柯
抃), 원뢰(原賴) 왕선지(王仙芝)이다. 사군(使君) 첨(詹)의 이름은 범

(範)이요. 이 사람, 나는 소식(蘇軾)이다. 동파거사 미산 소식 쓰다.

고려가 중국을 사대하지 않고 대등하게 대한 게 송나라 때일 것이다. 서긍(徐兢)이 개경에 한 달간 머물며 그림을 그리면서 고려의 문물을 기록한 게 『고려도경(高麗圖經)』이다. 서긍은 명목상으로 사신이라 했지만 이른바 첩자였다. 금나라의 압박에 고려의 태도가 송나라에게는 중요했을 것이다.

소동파는 고려 사신이 책을 사가는 것을 금하게 해달라고 황제에게 소를 올리기도 한 반(反)고려 인사였다. 그러거나 말거나 우리나라 사대부는 당송팔대가 중 소동파를 유독 좋아했다. 소탈하고 꾸밈없는 그의 성정을 사랑해서일 터이다. 〈백수산불적사유기〉에도 이러한 동파의 성품이 잘 드러나 보인다. 유배 중 명사들과 함께 바람 쐬러 간 글에 여유와 멋이 넘쳐흐른다.

나는 울 줄을 몰라 외롭다

지은이 | 조성순

펴낸이 | 박영발

펴낸곳 | W미디어

등록 | 제2005-000030호

1쇄 발행 | 2024년 6월 29일

주소 | 서울 양천구 목동 907 현대월드타워 1905호

전화 | 02-6678-0708

E-mail | wmedia@naver.com

ISBN 979-11-89172-51-0 (03810)

값 14,800원